CES DAMES
DU
PALAIS RIZZI

SAN-ANTONIO

CES DAMES DU PALAIS RIZZI

ROMAN

FLEUVE NOIR

ISBN : 2-266-07113-0

Au comte et à la comtesse Frigerio Bonvicino, dont les enfants sont devenus les miens.
Affectueusement.

San-Antonio

« Je désire que l'Italie soit visitée par le plus grand nombre de touristes étrangers; ils trouveront un très beau pays, un peuple bien organisé et loyalement hospitalier. »

MUSSOLINI
(Rome, 14 février 1935)

PREMIÈRE PARTIE

LA GRENADE BLEUE

1

La photographie représente Mussolini sur des skis dans un paysage de montagne retouché. Les arbres figurant à l'arrière-plan ne sont pas des conifères, et cependant ils sont feuillus et verts comme en été. Le ciel est mauve avec des traînées jaunes. Le Duce porte un pantalon bleu foncé, large et serré au-dessus de la chaussure; un pull d'un vilain marron sur lequel passe le col blanc de la chemise. Il est coiffé d'une casquette assez haute, de forme géométrique, dont la longue visière met de l'ombre sur son visage grassouillet. Ses mains gantées de laine tiennent gauchement d'archaïques bâtons de bois. Le portrait voudrait probablement traduire la solitude dominatrice du « régnant », mais il est trahi par les silhouettes qui le cernent et s'étalent sur la neige. Le soleil céleste joue ce mauvais tour au « soleil » italien en révélant que « l'aigle » n'est pas seul. « On » l'escorte, et la forme brisée du photographe signe le cliché.

Jérôme Deuilh évoque le cadavre du dictateur pendu par les pieds à un croc de boucher; déchéance dérisoire d'un puissant, terminant son destin en quartier de viande. Quel pire outrage, sinon celui réservé à Concini, cet autre Italien, dont la foule mangea le cœur?

Il referme l'album. Sa couverture entoilée dépose une fine poudre jaune sur les doigts.

« Viaggi e Soste in Italia. » Volume I della collana. Consacré à la Province de Cuneo, Piémont.

Il a trouvé cet in-quarto sur un rayon du bas de la bibliothèque où il recevait son lot de poussière quotidien en compagnie de publications apparemment sans intérêt : ouvrages de droit, probablement périmés; collections de revues financières; annuaires consacrés aux membres de la magistrature piémontaise d'avant la dernière guerre. N'importe : ces vieux bouquins écrits dans une langue étrangère constituent une présence rassurante; elle tempère la raideur de la pièce.

Deuilh qui existe dans le livre depuis son plus jeune âge a un besoin physique de textes imprimés. Rien de plus angoissant pour lui que de se retrouver un soir dans une chambre d'hôtel sans la moindre lecture. Il conserve de ces moments déshérités une impression frustrante de punition imméritée.

L'appartement est précocement obscur, ses fenêtres à meneaux donnant sur une cour que le soleil dédaigne. Quand il l'a visité, elles l'ont séduit; elles lui procurent une sensation de sécurité, certes, mais également de claustration. Il s'agit d'un étrange « enfermement » dont il peut s'évader quand bon lui semble, mais au prix d'un effort, ce qui n'est pas commun. Il ne sort pas de chez lui : il s'en arrache avec chaque fois un vague sentiment de culpabilité. Comme si le fait de quitter l'appartement de la *signora* De Renzis impliquait une irrégularité. La preuve en est qu'il l'en prévient toujours, bien qu'il n'ait aucun compte à lui rendre. Elle est vieille comme on ne sait l'être qu'en Italie, où le temps diminue les femmes sans parvenir à les réduire complètement.

Vêtue de lourds vêtements noirs, les cheveux tortillés en un énorme chignon hérissé de grosses épingles à tête de jais, le visage blême et infiniment ridé, son petit nez rongé par un eczéma mal poudré et chaussé de lunettes aux verres bleutés, la dame De Renzis ne se sépare jamais d'un chat blanc et mité qui pantelle sur elle, exténué, et qu'elle doit exhorter longtemps pour lui faire absorber un peu de lait ou de blanc de volaille.

La vieillarde et le félin mènent une existence confuse à l'autre extrémité du logis. Leur locataire n'a avec eux qu'un minimum de rapports : une courte phrase cérémonieuse à la femme, une amorce de caresse au chat dont le regard torve décourage tout élan de sympathie.

Deuilh est arrivé à Cuneo une fin d'après-midi d'août, le jour de la foire « *Provincia granda* », venant de Paris. Les rares hôtels étaient complets. De guerre lasse, il allait mettre le cap sur Turin lorsqu'un valet roux, à gilet rayé, sortit du dernier établissement sur ses talons pour lui proposer une chambre en ville. Il connaissait une veuve à qui il arrivait d'accorder le gîte à des voyageurs pris de court, à condition qu'ils lui fissent « bonne impression » et n'eussent pas d'enfants...

Deuilh fut jugé « acceptable » par la dame. Son côté intellectuel autant que sa Mercedes la mirent en confiance. Il fut charmé par les deux pièces qu'elle lui proposait dans les vestiges d'une maison du seizième siècle jouxtant le palais Rizzi auquel elle avait dû appartenir jadis. Il loua ce logement pour huit jours; mais comme il s'y plaisait et qu'il stimulait son travail, il sollicita la *signora* De Renzis pour qu'elle lui prorogeât la location sans poser de date limite. Il se montrait discret et payait bien : elle fut heureuse de l'aubaine.

Jérôme Deuilh disposait d'une chambre avec cabinet de toilette et d'une bibliothèque aux murs garnis de rayonnages d'acajou. Les ouvrages rassemblés possédaient des reliures rébarbatives et n'inspiraient pas la convoitise. Ils faisaient penser à quelque décor de théâtre et l'on s'attendait à ce qu'ils fussent peints en trompe-l'œil. Une vaste table en acajou, elle aussi, au piétement d'inspiration Louis XIV, un opulent fauteuil de même style et un lutrin supportant un incunable tabellaire, composaient tout l'ameublement.

Immédiatement, Deuilh se sentit conquis par cette pièce ascétique. Il savoura cette plongée dans le passé. Raffinés furent les instants qu'il passait dans le siège d'apparat, le buste rejeté en arrière, le regard errant sur les motifs du plafond à petits caissons. Il appréciait avant tout le silence du lieu ; un silence grave, propice à la méditation. Il aimait également l'odeur des vieux livres, celle de l'encaustique qu'une femme de ménage d'allure paysanne étalait généreusement sur toutes les surfaces boisées. Il écoutait secrètement le souffle ténu de la demeure ; car elle respirait ainsi depuis des siècles, que les pièces fussent ou non habitées. Elle était semblable à ces chapelles désertes où l'on croit déceler des espèces « d'arrière-présences » qui effraient et rassurent à la fois.

Au début, il téléphonait quotidiennement à Paris avec l'appareil portable qu'il aimait garder sur soi sitôt qu'il mettait le nez dehors. Le côté gadget de l'objet le ravissait et lui procurait une certaine sensation de sécurité. Il communiquait avec Martin Simens, son éditeur, parfois avec Édith (sa camarade de lit comme il se plaisait à dire), plus rarement avec son vieux père qui finissait ses jours dans une maison de retraite (genre Hespérides) où il se déplaçait appuyé sur un déambulateur. Ancien avocat, le vieillard appelait cet appareil « la barre des témoins » et jouait à prendre des attitudes empruntées de bêta affolé par la pompe du tribunal.

Au fil des jours, ses communications avec la France s'estompaient. Deuilh découvrait l'âpre bien-être qu'apporte l'isolement à un homme ayant consacré beaucoup trop de son temps aux apparences. Une paix austère descendait en lui, qui le débarrassait lentement de cette gangue artificielle résultant d'une trop longue application à ressembler à ce qu'il jugeait bon qu'on crût qu'il était.

***

Depuis une huitaine, il se contentait d'un seul repas par jour, grignotant des biscuits ou bien croquant du chocolat dans la journée quand la faim le tenaillait. Tôt dans la soirée, il se rendait dans un bon restaurant où il prenait un dîner copieux arrosé des meilleurs crus piémontais. Il buvait largement; le vin lui tenait lieu de somnifère. Il appréciait cette pesanteur de tout son être, résultant de ses libations; la légère hébétude qu'il en retirait l'aidait à aimer sa solitude. En rentrant chez la dame De Renzis, il sentait sa vie « à disposition », ce qui lui procurait une sensation de puissance.

Dès le palier, il ôtait ses chaussures pour que sa démarche ne trahisse pas ce qui était peut-être un début d'ébriété, car il tenait à préserver la bonne opinion que sa logeuse avait probablement de lui. Il était long à se dévêtir, s'interrompant à tout bout de champ pour lire l'article d'une revue, une page d'un roman, voire pour prendre des notes relatives à ses travaux en cours.

Quand il était enfin nu, il continuait de vaquer à ses marottes nocturnes qui consistaient à se préparer au travail du lendemain. Il lui fallait trier des notes, concevoir le bâti du texte qu'il se proposait de traiter. Homme de formules, il notait dans le désordre celles qui se présentaient à son esprit, les relisant longuement ensuite pour tester leur impact et explorer leur sens caché.

Il cessait de travailler lorsque sa nudité le faisait frissonner. Jérôme passait alors une vieille robe de chambre en soie, presque loqueteuse, qui lui servait de « pyjaveste » et avec laquelle il se couchait. Ce vêtement était la honte de ses effets, une espèce de cilice mortificateur qu'il revêtait comme pour attester sa liberté. Il la donnait rarement à nettoyer car il mettait beaucoup de temps à réaliser qu'elle devenait crasseuse. Il y dormait un peu comme un clochard dort dans le pardessus qui lui tient lieu de maison. Parfois, il se disait qu'il aimerait être enterré avec elle afin de se sentir plus confortable dans la mort.

2

Il croyait dormir, aussi est-il surpris de constater qu'il se trouve en état de veille. L'air confiné de la chambre lui semble chargé de la poussière accumulée dans la très vieille étoffe couvrant les murs. Ce tissu est épais, pompeux et sent vaguement la moisissure. Il est brun, agrémenté de motifs argentés représentant des pampres de vigne. La pièce n'est pas grande et de forme allongée; le jour, elle n'est éclairée que par la moitié d'une fenêtre à meneaux dont on a muré l'autre partie pour des raisons mal discernables. Malgré son insalubrité, Deuilh s'y sent bien; son peu d'ouvertures lui confère un aspect tanière qui convient à son état d'esprit. Depuis quelque temps, il ressent un besoin « d'emprisonnement », de solitude, d'ombre et de silence, voilà pourquoi l'appartement de la *signora* De Renzis s'est ouvert à point nommé pour lui.

Pourtant, il a chaud et respire mal. Il tâtonne pour trouver le commutateur de la lampe de chevet. L'abat-jour d'opaline verte diffuse une lumière cafardeuse et insuffisante, l'ampoule étant d'un faible voltage. Il décide que cette chambre en longueur est hideuse. Outre le lit massif, elle est meublée d'une commode en marqueterie de nacre sur fond noir, d'une table en forme de trèfle à quatre feuilles montée sur un pied central, de deux chaises de paille qui seraient mieux à leur place dans une église, et d'un placard mural aux deux portes ouvragées. Une lanterne de cuivre pend du plafond, mais elle est équipée d'une seule ampoule plus faible encore que celle de son chevet.

Deuilh se demande pourquoi, contrairement à ses habitudes, il s'est réveillé. Sa pendulette de voyage indique onze heures vingt. Généralement, l'insomnie (quand il en souffre) ne se manifeste qu'aux heures précédant l'aube. Son premier sommeil est toujours solide, même quand il se trouve en période d'énervement. Il apprécie chaque soir la détermination de son endormissement, y voit un signe d'équilibre, presque de bonne santé. Il se dit qu'un élément extérieur l'a réveillé. La bacchanale des chats dont les cours et venelles du quartier sont le royaume ? Elle est si fréquente qu'il ne l'entend plus. Alors, les cris de quelques jeunes gens éméchés, peu soucieux du repos d'autrui ? Et puis soudain, il est renseigné : une musique ! Elle avait cessé, elle reprend. Aigrelette, maladroite, pleine de fausses notes.

Il reconnaît les accents d'une mandoline. La gaucherie de l'exécutant ne fait rien pour le prestige d'un instrument tombé en désuétude. A peine parvient-il à identifier *O sole mio* dans cette bouillie de notes. L'interprète néophyte n'est pas doué, ne le sera jamais. Il y a une raideur dans son doigté, quelque chose de définitivement laborieux, un manque absolu d'inspiration. S'il arrive à le maîtriser un jour, il ne lui arrachera qu'une musique sans âme, presque mécanique. Mais Deuilh est convaincu que le musicien malhabile qu'il écoute ne parviendra même pas à ce stade. Il sent, il sait qu'il s'agit de velléités sans lendemain. Alors il éteint sa lampe de chevet, met son oreiller sur sa tête.

Au début, il obtient presque le silence et commence à se rendormir. Il est bien dans son cocon. Il y a en lui une nécessité quasi animale de ne plus communiquer. Il subit une étrange période d'égoïsme viscéral. Une expression lui vient, qu'il a dû lire ou entendre : il se « garde pour soi ». Il se sent aux aguets de lui-même, comme s'il traversait quelque période de gestation mystérieuse qui est en train de le modifier. Curieux de ce phénomène, il l'accepte; en conçoit comme une calme griserie. Un obscur pressentiment l'avertit qu'il est au seuil, non pas forcément d'une vie nouvelle, mais d'une conception neuve des êtres et des choses. Il va s'éveiller un matin enfin différent; modifié par ce long et secret cheminement.

Les sonorités de la malheureuse mandoline torturée finissent par l'atteindre à travers le gros oreiller de plume. Mentalement, il rectifie la mélodie mutilée par l'inexpert exécutant. Il n'en connaît que la traduction française. Des bribes...

Mais sur mon rêve
Plus radieux
Un soleil règne
Que j'aime mieux.

L'idiot (ou l'idiote) qui tente de jouer compte-t-il s'acharner ainsi toute la nuit? D'abord, il ignore la musique, c'est évident; de plus il n'a pas d'oreille. Alors pourquoi s'obstine-t-il sottement à gratter les cordes avec un médiator?

Une première fois, Jérôme se rendort; mais il ne s'agit là que d'une « plongée » avortée. Presque aussitôt, il « refait surface », tout de suite furieux contre ce faux mélomane qui fait si bon marché de son sommeil.

S'il n'était si tard, il croirait à l'amusement d'un enfant. Comme au bout d'une heure le « virtuose » joue toujours, Deuilh va ouvrir la moitié de fenêtre et lance « *Silenzio!* » dans la cour enténébrée où paraissent s'enchevêtrer des escaliers de pierre.

Son cri a une curieuse résonance, des vibrations à n'en plus finir : il lui fait presque peur.

En tout cas il reste inopérant sur l'interprète qui continue de martyriser l'instrument.

***

Au matin, il s'éveille bougon, comme chaque fois qu'il a eu un repos perturbé ou de mauvaise qualité. Il ne retrouve plus cet appétit de travail habituel qui le rend euphorique précisément au pire moment de la journée.

On toque à sa porte : c'est la vieille au chat qui lui apporte son petit déjeuner. Il a obtenu cela d'elle : le premier et sacro-saint petit déjeuner, celui qui est comme le starter de la matinée. Elle a beaucoup rechigné, proposant des solutions de rechange, telle que la bouteille thermos; mais Jérôme a su lui expliquer que pour un homme de lettres, seul le café frais, brûlant et chargé de son arôme, est opérant. Il est parvenu à la convaincre et elle a accepté de lui préparer une pleine cafetière d'un breuvage riche et odorant, mais seulement cela; pas question de tartines, de beurrier et de confiture; Deuilh se contente de biscuits qu'il trempe dans son bol et dont il a constitué un stock.

Aujourd'hui, elle a un côté « Folle de Chaillot » avec sa robe-soutane, et son chignon qui ressemble à une tiare. Une longue mèche d'un gris sale s'en est détachée et tire-bouchonne sur l'épaule. Le chat qui lui tient lieu d'étole pend de part et d'autre de ses seins flasques. Les yeux clos, la queue inerte, il paraît privé de vie. L'eczéma de la dame est à vif, d'un vilain rose luisant frangé d'écume blanche.

– Vous avez bien dormi, *signore* ?

C'est murmuré par pure politesse et sur un ton qui n'implique pas de réponse.

– Très mal, bougonne Jérôme, à cause de ce foutu joueur de mandoline qui m'a donné l'aubade une bonne partie de la nuit.

La logeuse est surprise et marque un certain scepticisme.

– Ce devait être quelque fêtard dans la rue, finit-elle par suggérer.

– Non, cela venait du palais voisin, car mes fenêtres ne donnent pas sur l'extérieur.

La logeuse se ferme; son regard délayé par l'âge devient brusquement hostile.

– C'est très possible, admet-elle, dans cette maison, *tout* est possible...

– Qui habite le palais?

La figure de la *signora* De Renzis n'abdique pas et présente le masque de la réprobation.

– Des gens que je préfère ignorer, dit-elle en caressant son étole vivante.

Le ton est tranchant et signifie qu'elle n'ira pas plus avant dans le sujet.

– Je vous laisse déjeuner, *signor* Deuilh. Que je vous dise : j'ai changé de café, il semblerait que l'arôme du nouveau soit plus riche; vous me donnerez votre avis.

Elle se retire, laissant derrière elle des odeurs malencontreuses qui gâchent l'appétit matinal de son locataire...

***

Il passe une journée chagrine, comme toujours lorsqu'il est mécontent de son travail. Jérôme Deuilh a besoin de certitude intime pour écrire. Généralement, le doute ne vient qu'après, lorsqu'il est trop tard et que ses textes sont imprimés. Il se console en les oubliant et en se promettant de mieux affûter sa plume pour les travaux à venir. L'insatisfaction de l'écrivain est l'unique levier dont il dispose pour continuer sa tâche. Il sait qu'un artiste content de lui est un créateur en perdition. Au lever, déjà, il a compris qu'il allait peiner sur la feuille blanche; pareil à un athlète, il a besoin de sa dose de sommeil pour que fonctionnent ses facultés.

Dans ces cas de « maussaderie caractérisée », il dispose de solutions de repli qui lui évitent d'engager son talent. Par exemple, il relit ses derniers textes; passés au crible de son marasme, ils sortent purifiés de cette revue sans complaisance, épurés en tout cas. Un de ses vieux profs de français qu'il retrouve parfois ne cesse de lui répéter : « méfie-toi de tes écrits quand ils te plaisent parce que tu les trouves chatoyants : ça veut dire qu'ils sont peinturlurés; alors démaquille-les ! »

Aujourd'hui, il démaquille beaucoup, à sa grande confusion. Il est, comme toujours en pareil cas, terrifié de trouver creux, et même ineptes, des mots, des phrases, voire des paragraphes entiers qui lui avaient paru bien nés.

Le temps s'écoule comme lorsqu'on vit une fin de convalescence et qu'on se demande s'il est temps de replonger dans la vie courante ou si l'on s'accorde un délai de grâce supplémentaire. Ce qui domine en lui, c'est un profond mécontentement; il a quelque part la sensation d'avoir démérité. Mais aux yeux de qui ?

Il finit par téléphoner à son éditeur, en début d'après-midi. Une forte amitié lie les deux hommes. Deuilh et Simens se sont connus il y a plus de vingt ans dans un journal où ils étaient l'un et l'autre pigistes; dès le début de leurs relations, ils décidèrent de travailler ensemble et se répartirent les rôles. Deuilh écrirait, Simens publierait, ce qui n'exclurait pas une étroite collaboration. L'un « brosserait » les textes de l'autre et se laisserait guider par lui au plan commercial. Ils avaient eu la sagesse de comprendre qu'un homme, eût-il un don, ne doit pas se laisser enfermer dans la solitude de la routine. Il arrivait à Simens de réécrire des passages complets d'un ouvrage de Deuilh et, à ce dernier, de peaufiner les projets de collections qui ne le concernaient pas. Ils s'appelaient « les frères la tendresse »; se réjouissaient sans arrière-pensées de leurs succès et s'épaulaient en toutes circonstances. Les femmes elles-mêmes n'étaient pas parvenues à troubler cette harmonie; mais peut-être s'agissait-il d'un simple concours de circonstances car nous savons tous que l'amitié de deux hommes est peu de chose opposée à un regard de femelle.

La secrétaire de l'éditeur dit à Jérôme qu'il vient de partir pour Bruxelles et sera absent trois jours; veut-il son adresse « là-bas » ? Il répond que ce n'est pas la peine et qu'il l'appellera à son retour.

De plus en plus morose, Jérôme décide de sortir. Il fait beau, la chose est discernable depuis la cour en forme de puits. Il s'habille « détendu » après avoir renoncé à se raser.

Comme il pose sa main sur la poignée de cuivre, il est paralysé par les accents de la mandoline. Cela débute en grattouillis insanes, à croire qu'un enfant promène ses doigts sur les cordes de l'instrument.

Furieux, il va ouvrir la moitié de la fenêtre, tentant d'apercevoir « l'instrumentiste ». Pour la première fois peut-être, depuis qu'il loge chez la *signora* De Renzis, il découvre vraiment l'arrière du palais. Jusque-là, il était « tourné vers l'intérieur » et voilà que cette cour libidineuse, univers de toutes les vermines, cette cour riche de clairs-obscurs, cette cour qui sent le caveau rouvert et le végétal en décomposition lui apparaît dans toute sa gloire ruinée. Le palais Rizzi la cerne sur trois côtés (la demeure de la logeuse constituant le quatrième) où se superposent trois galeries renforcées par des étais de fer rouillé. Ces péristyles gardent dans une ombre humide et mystérieuse les pièces qu'ils protègent (trop sans doute) de la lumière. Leurs colonnes de marbre gris sont fendues ou ébréchées, leurs balustrades garnies de pots de terre où fleurissent des géraniums et des pétunias. Des fils d'étendage traversent les balcons sur toute leur longueur et quelques modestes sous-vêtements y sont suspendus, qui racontent l'humilité.

Le bas paraît désaffecté. Malgré les voûtes, on se rend

compte que les portes-fenêtres sont closes définitivement; un bric-à-brac de choses irrécupérables s'amoncelle contre elles, les condamnant pour la durée de leur naufrage. La vie du palais se révèle à partir du premier, par le linge mis à sécher, bien sûr, aussi par les fleurs en pots, mais surtout à cause de l'aspect bien entretenu qui transparaît sous la vétusté du bâtiment.

Jérôme admire en connaisseur ces trois jeux d'arcades superposées qui conservent à cette bâtisse en perdition un peu de sa splendeur d'antan. Il se penche pour contempler le sol pavé de têtes-de-chat. Au centre se trouve une grille ouvragée, pour l'évacuation des eaux de pluie; tout autour des façades les pierres rondes sont remplacées par trois rangées de larges dalles inégales, dont beaucoup sont fendues. Un puits qui dut être magnifique à l'origine porte encore des vestiges de bas-reliefs. Hélas! il a été comblé et déborde de détritus.

Le joueur de mandoline s'obstine à martyriser l'instrument. Il a renoncé à « *O Sole mio* » pour tenter sa chance avec « *Torna a Sorrento* » mais le résultat reste décevant. Deuilh se demande pourquoi l'ingénuité et la persévérance de l'interprète le mettent dans une pareille rage. A cette heure du jour, ses tentatives ne portent pas atteinte à la « quiétude bourgeoise » de ses concitoyens, comme le définit le Code pénal.

Il regarde dans la cour et parvient à déterminer l'endroit où s'active son tortionnaire : la pièce la plus proche de la maison De Renzis. Cinq mètres à peine l'en séparent. Il lui serait facile de s'y rendre après avoir enjambé sa fenêtre, il lui suffirait de marcher sur la corniche en surplomb, large d'une quarantaine de centimètres. Cette constatation, curieusement, apaise brusquement son courroux. « S'il remet ça cette nuit, je crierai, se promet-il. Et si mes cris n'y font rien, j'irai lui dire deux mots! »

Soulagé par sa décision, il quitte la maison.

***

Jérôme récupère sa voiture dans l'impasse où il la gare. C'est un endroit privé; jadis, un ferblantier y exerçait son artisanat. Depuis qu'il est mort, sa veuve loue la cour galeuse à des automobilistes en mal de parking; le lieu n'étant pas fermé et donc peu sûr, ses locataires sont peu nombreux.

Deuilh éprouve de la joie à retrouver sa Mercedes : la première de la journée. Les automobiles l'ont toujours passionné; il en pilotait bien avant l'âge du permis de conduire : celles de son père, lorsque celui-ci empruntait le train ou l'avion; celles, également, des camarades plus âgés que lui. Il ne lui est jamais rien arrivé de fâcheux. Me Deuilh était un homme bien trop occupé pour surveiller le compteur kilométrique d'une voiture. Sans cesse accaparé par une nouvelle cause ou une nouvelle maîtresse, il accordait une attention parcimonieuse à ses enfants, à ses autos, et à sa femme, laquelle consacrait à son club de bridge le temps que son époux lui laissait.

Il se dégage de l'impasse en virtuose. Son art de piloter, aussi bien en marche arrière qu'en marche avant, fait l'admiration de Simens qui met sur le compte de sa myopie ce qui n'est en fait qu'une inguérissable maladresse.

La 600 SL se manœuvre comme un kart. Il aime le sourd grondement des douze cylindres sous le capot, cette vitesse en sommeil qu'une simple pression du pied libère instantanément.

Le monstre argenté ronronne d'aise le long de la viale Degli Angeli.

Cuneo veut dire coin. Juchée sur un plateau à quelque quatre cents mètres au-dessus de la plaine fertile, encadrée de deux rivières qui opèrent leur jonction à la proue de l'étrange navire, lequel ne défie pas les flots, mais les siècles, la ville qui tenta beaucoup de conquérants donne une sensation de sagesse confortable. La vieille cité chargée de vestiges architecturaux est blottie à l'avant du bateau échoué dans la paix piémontaise. Une artère centrale, la via Roma, la partage dans le sens de la longueur; bordée, des deux côtés, d'arcades basses et trapues, elle invite à une flânerie protégée. Huit kilomètres de promenade se trouvent à l'abri des intempéries et de la grosse chaleur.

Jusque-là, Deuilh a consacré toutes ses sorties à l'exploration du vieux Cuneo, lequel remonte au XIIe siècle. Grand amateur de cités anciennes, il ne se lasse pas d'arpenter les venelles ombreuses, de caresser la rude peau du passé, ni d'en respirer l'odeur doucereuse; mais aujourd'hui, à cause de la dépression dans laquelle l'a plongé sa mauvaise nuit, il a besoin de s'évader. Il lui faut du soleil et de la vitesse. Il stoppe devant une villa belle et calme au cœur de son jardin et actionne l'ouverture automatique de la capote. Ça reste chaque fois une attraction pour les passants. Des petits moteurs se déclenchent, sur simple pression d'une touche, qui dégagent l'avant et l'arrière de la toile après avoir ouvert le compartiment où elle se logera. Un frisson électrique, de légers claquements secs et péremptoires ponctuent la manœuvre. C'est rigoureux : allemand!

Un vieux monsieur à col cassé, chapeau roulé, canne en bambou, s'arrête pour observer ce prodige mécanique. Voyant que les plaques minéralogiques de la voiture sont françaises, il murmure à l'adresse du conducteur :

– C'est très technique!

– Je trouve aussi, répond Jérôme.

Le passant continue :

– J'ai eu une décapotable, jadis. Une Lancia! Pour manœuvrer la capote, c'était un vrai casse-tête.

– Vous parlez magnifiquement le français, le complimente Deuilh, vous avez vécu en France ?

– Jamais; mais les vieux Piémontais parlent tous votre langue. Autrefois, dans les grandes familles, il était de bon ton de la préférer à l'italien.

– Les temps ont changé, soupire Jérôme.

– Ils sont faits pour ça, assure gravement le vieillard : ce n'est pas important. Vous faites du tourisme ?

– Du tourisme utile : je prépare un livre sur l'architecture fasciste.

Son interlocuteur semble déconcerté.

– Quelle curieuse idée, dit-il, d'un ton quasi réprobateur. Vous estimez qu'il y a un style fasciste ! Ne serait-ce pas une vue de l'esprit un peu... française ?

– Non, pourquoi ? Un tel style a existé et subsiste encore.

– En tout cas il est laid, mastoc et périmé, assure le vieillard, promis aux pics des démolisseurs.

– Raison de plus pour en conserver le témoignage.

Ils en sont presque à se défier : le respectable Italien debout, Jérôme assis au volant de son bolide.

– C'est pour vous une question d'idéologie ? fait le vénérable Piémontais avec aigreur.

– Absolument pas ! proteste Deuilh; je ne suis pas passionné de politique car je ne crois pas en elle. Le monde est trop mouvant, les hommes trop versatiles. Ils sont morts en trop grand nombre pour des causes qui ne débouchent en fin de compte sur rien. Je suis seulement épris de liberté, à la rigueur, de justice.

Le passant l'écoute en acquiesçant. Il finit par rire de tout son dentier jauni. Il a placé sa canne derrière lui et s'en sert de point d'appui. Il y a quelque chose d'un peu chaplinesque dans le personnage; peut-être à cause de la petite moustache collée sous son nez ?

– Eh bien, c'est parfait, assure-t-il; vous avez raison de

ne considérer que l'essentiel; cela vous fait gagner des années. Il m'a fallu beaucoup de temps et de déconvenues pour parvenir à cette conclusion.

– Ravi de cette brève rencontre, assure Jérôme, elle prouve que des amis nous attendent aux quatre coins du monde.

Il saisit le pommeau de cuir du levier de vitesse.

– Vous allez visiter le Santuario Madonna Degli Angeli ? questionne le promeneur.

– Pas particulièrement, de quoi s'agit-il ?

Le vieil homme désigne de sa canne l'avenue rectiligne qui se développe à perte de vue.

– A trois kilomètres, au bout de cette artère, vous verrez une église sur votre gauche. Elle renferme dans une châsse de verre le corps du béatifié Angelo Carletti, protecteur de la ville. Lorsque Cuneo était assiégée, on sortait sa momie de l'églisc pour la porter jusqu'au lieu des combats et le bienheureux Carletti sauvait la cité des envahisseurs.

– C'était un cadavre bien serviable, plaisante Jérôme. Entendu, cher monsieur, je vais passer le voir.

Malgré sa promesse légère, Deuilh ne se rendra pas au sanctuaire.

Il ira le visiter plus tard.

Très exactement, la veille de sa mort.

3

Chaque fois qu'il quitte sa belle voiture, il ressent un petit pincement au cœur à l'idée qu'on va peut-être la lui voler. Dans cette cour déserte, elle constitue une proie facile. Il se rassure en songeant que Cuneo n'est pas Naples ; c'est une cité moyenne et quiète, dans une région opulente où il ne se commet pas trop de délits. Néanmoins, par mesure de précaution, il décide de ne pas laisser la carte grise à bord du véhicule. L'emplacement de la boîte à gants étant mobilisé par l'air-bag du passager, il utilise, pour serrer les documents de la Mercedes, les compartiments inclus dans les épaisses portières.

En fouillant celui situé côté volant, il pose la main sur un objet métallique ayant le volume d'un œuf d'oie. Intrigué, il s'en empare et reconnaît une grenade d'entraînement que lui a donnée un ancien mercenaire belge chez qui il était allé faire un reportage. Ce vieux baroudeur à la retraite en possédait un plein compotier où il les conservait comme éléments de décoration ; fruits artificiels, d'un bleu grisâtre, dont les goupilles mal chromées formaient les queues. Devant la curiosité de Deuilh pour ces objets insolites, l'homme lui en avait offert un en lui conseillant de le laisser dans sa voiture afin de l'utiliser en cas de mauvaise rencontre. L'ancien guerrier craignait toujours les embuscades. Il avait appris à son interviewer comment armer et lancer l'engin en tenant compte des secondes imparties avant qu'il éclate. « De toute façon, avait-il conclu, vous ne risquez rien car ça ne contient que du plâtre. » Jérôme avait donc emporté l'étrange souvenir et s'était empressé de l'oublier dans le vide-poches de l'automobile.

Il examine l'œuf de métal lourd et sournois avec sa coquille gaufrée et la méchante petite béquille piquetée de taches brunes. Il en trouve la couleur vénéneuse. Pourquoi les instruments de combat se dissimulent-ils sous des teintes malsaines et froides ?

Après une brève hésitation, il coule la grenade d'entraînement dans son veston et prend bien garde de ne pas la heurter du bras en marchant.

***

Son restaurant d'élection porte un nom français : « *Le Plat d'Étain.* » Le Michelin d'Italie lui accorde une étoile bien méritée. Minuscule et élégant, il se blottit Corso Giolitti, non loin de la gare. Établissement confidentiel et de charme, il est géré par un couple de bonne tenue dont la femme est normande. L'épouse est au fourneau, le mari dans la salle. Ils suffisent à la tâche et le client a l'impression de s'attabler chez des amis. On y déguste une cuisine raffinée qu'un critique gastronomique réputerait « ingénieuse ». Jérôme s'y rend à la fréquence d'un soir sur trois pour ne pas laisser l'accoutumance gâcher son plaisir. Il s'installe avec des feuilles de papier blanc et un stylo car il a remarqué que beaucoup d'idées intéressantes lui venaient à table, comme si la nourriture stimulait son esprit. L'hôte respecte sa méditation et ne prend l'initiative de la conversation que pour préciser la composition du mets qu'il sert. C'est un être agréable, cordial et déférent, qui sait faire de son métier d'amphitryon un art. A la fin du repas, Deuilh le questionne sur Cuneo et reçoit chaque fois des réponses pertinentes;

instant d'élection où il vide sa bouteille de vin, histoire de chasser un confus vague à l'âme auquel l'heure n'est pas étrangère.

Ce soir, la clientèle occupe deux autres tables. Quatre hommes d'affaires dont les voix montent au fil des agapes et un couple silencieux, difficilement « situable ». Jérôme s'interroge sur sa nationalité. L'éloignement et le mutisme de ces convives permettent mal de les cataloguer.

La femme qui fait face à Deuilh paraît s'intéresser à lui. On la devine piaffante dans son tailleur de daim beige. Elle a largement dépassé la quarantaine, ses yeux sont sombres, ses cheveux cendrés, ses lèvres charnues.

Il installe son regard dans celui de la dîneuse qui semble goûter cette violation tranquille. Jérôme connaît son charme et le manœuvre parfaitement. Il s'agit d'un jeu trouble auquel il se prête volontiers quand il se sent « accueilli ».

Il devine, plus qu'il ne le voit vraiment, l'imperceptible sourire qui lui est dédié. La femelle devient pensive. Jérôme apprécie la charité du destin qui vous met, à l'improviste, en face d'une partenaire possible. Dans cette connivence des rencontres, tout est vite conclu ; il ne reste qu'à faire montre d'un peu d'ingéniosité.

Il se lève à un moment où l'hôtelier se trouve à la table du couple et marche délibérément dans sa direction. A mesure qu'il approche de la femme, il constate qu'elle a davantage d'ans qu'il ne lui en accordait. Des rides fines s'accumulent autour de ses yeux et il existe, près de la bouche, quelque chose d'un peu flasque qui n'apparaît qu'à courte distance.

– Je voudrais téléphoner, fait-il au restaurateur.

L'hôte lui répond qu'il faut descendre l'escalier près de l'entrée, ce que Jérôme savait déjà.

Il décoche une œillade « maximale » à la cliente, qui détourne la tête. Son compagnon est un quinquagénaire blondasse, déplumé et sanguin, congestionné par la nourriture qu'il est en train d'absorber et surtout par l'alcool. Le genre « tête de veau-tête de con » dont l'écrivain se demande toujours comment elle a pu séduire une donzelle de bonne apparence.

Il gagne le sous-sol. Pour justifier sa présence, il compose le numéro d'Édith Chavran. Contre tout pronostic, cette journaliste suroccupée est chez elle.

Ils sont presque aussi surpris l'un que l'autre de se trouver en ligne.

– Comment va la vie ? murmure Jérôme.

Une expression bien à lui.

Elle répond :

– C'est le revenant de service ?

– Comme toujours.

Elle a un petit rire désenchanté. Leurs rapports se situent dans un no man's land des sentiments qui ne les satisfait ni l'un ni l'autre mais dont ils sont curieusement prisonniers. Édith travaille à *Paris-Match*. C'est l'abeille laborieuse qui, mine de rien, a su se rendre indispensable. Elle consacre le plus clair de sa vie à l'hebdomadaire. Elle a été mariée et le veuvage l'a frappée avant qu'elle ait l'enfant qu'à cause de son métier elle remettait sans cesse à plus tard.

– Où es-tu ?

– En Italie, dans le Piémont. Je prépare un bouquin sur le style fasciste.

– Ça existe ?

– Tout à fait.

– Ça doit être moche ?

– Un peu raide, en effet.

– Et qu'est-ce que tu en as à foutre du style fasciste ? Je t'aurais plutôt cru de gauche ?

– On peut écrire sur Landru sans être un tueur de femmes !

A cet instant, une ombre surgit dans l'escalier et, comme Deuilh l'escomptait, la dame aux cheveux cendrés paraît.

– Pardonne-moi, je te rappelle, lâche-t-il cavalièrement en reposant le combiné.

Sa « conquête » descend les dernières marches. Elle a de jolies jambes, un corps plus jeune que son visage (peut-être a-t-il moins vécu ?). Dans son regard brille une sexualité cupide.

Jérôme lui sourit comme à un être connu qui viendrait à un rendez-vous. Il se trouve entre l'escalier et la porte des toilettes. La femme parvient à sa hauteur, il s'efface pour la laisser passer, lui donnant une chance de ne pas céder à la tentation. Mais à l'instant où il serait normal qu'elle le croise, elle marque un arrêt. Ses yeux éperdus lancent un appel infini à Deuilh. Alors il avance sa main droite jusqu'à la taille de l'arrivante et l'attire fortement à lui. Elle a la bouche déjà entrouverte, une bouche vorace qui, tout de suite, investit la sienne. Ils échangent un baiser d'une sensualité proche de l'égarement. L'étrangère se plaque contre lui. Il coule sa main libre entre ses jambes et pétrit son sexe d'un geste de soudard à travers la robe. Elle émet un grognement de fauve. Deuilh reste suffisamment lucide pour réaliser que cette furia, pour grisante qu'elle soit, ne peut connaître dans ce sous-sol qu'un piètre assouvissement.

Il endigue de son mieux la frénésie de sa conquête.

– Pas ici ! balbutie-t-il. Où logez-vous ?

Elle ne comprend pas le français. Il renouvelle sa question en anglais.

– *Hôtel Principe*, dit-elle.

– Allemande ?

– *Ja.*

Deuilh consulte sa montre qui indique dix heures cinq.

– Je serai devant l'hôtel à minuit, fait-il. O.K. ?

Elle s'est reprise également, semble déconcertée, presque anxieuse.

Il la trouve brusquement jolie ; fanée, mais si extraordinairement femelle qu'elle lui paraît superbe.

– Je ne sais pas...

De toute évidence, elle craint de quitter sa chambre au cours de la nuit.

– Si! fait durement Jérôme d'un ton péremptoire.

Il se sépare d'elle et remonte dans la salle du restaurant. Le mari fait chauffer son verre de vin rouge dans ses mains. L'écrivain regagne sa table. En s'asseyant, il adresse un signe à l'amphitryon... Lorsque ce dernier se penche sur lui, il murmure :

– J'aimerais que vous serviez une bouteille de champagne au couple.

– Bien monsieur; de votre part ?

– De la vôtre! Naturellement vous la porterez sur ma note.

Son hôte reste imperturbable. Il acquiesce et murmure :

– Puis-je vous suggérer d'essuyer vos lèvres ?

***

L'aventure, plaisante sur le moment, lui semble sans intérêt lorsqu'il parvient chez lui. Deuilh constate qu'elle ne le tente plus. Il fut un temps où elle l'aurait émoustillé. Est-il moins « homme à femmes » depuis que Laurence l'a quitté ? Comme si le désenchantement diminuait sa forte sexualité. Avant leur divorce il réagissait sitôt qu'une belle croisait sa route. Un regard un peu appuyé l'embrasait et il lui arrivait de parcourir des kilomètres en voiture ou de faire des heures d'avion pour rejoindre une fille qui répondait à ses avances. Depuis « l'échec Laurence » (le seul de sa carrière de don Juan), il manquait d'assurance, voire d'appétit. Sa convalescence traînait en longueur. Il se sentait davantage touché dans son orgueil que dans son amour. Des années durant, pareil à la plupart des maris, il considérait son ménage comme un acquis définitif, ce qui lui accordait « le champ libre » pour les conquêtes de passage. Et puis « le jour de toutes les révélations » était venu, le laissant interloqué, peiné et honteux, fragilisé à jamais.

Il est près de onze heures quand il retrouve la demeure de la *signora* De Renzis. Un silence épais alourdit l'appartement solennel. La vieille femme dort-elle, son chat blotti sur son oreiller ? Peu probable ; c'est le genre d'être qui n'a que des somnolences, qu'un sommeil aux aguets.

Jérôme ôte son veston, ses chaussures, et s'allonge tout vêtu sur le lit pour attendre l'heure de repartir. Dans trois quarts d'heure il ressortira sur la pointe des pieds pour son rendez-vous nocturne. Si la femme le rejoint, où l'emmènera-t-il ? Ici ? Il redoute les réactions de la logeuse à qui rien n'échappe ; d'autant plus que l'Allemande est à coup sûr bruyante dans l'étreinte. L'idée lui est venue d'aller chercher sa voiture, mais il est difficile de faire l'amour dans ce bolide. Le plus simple est de partir à l'aventure dans la vieille ville riche en dédales obscurs, en cours désertes et porches accueillants. Cette salope teutonne y trouvera du piquant.

Un bien-être feutré s'empare de lui. Ce sont ces instants de relaxation qui font comprendre à Deuilh combien sa vie est stressante. C'est cet abandon qui lui rend le mieux compte de sa misère endémique. Une misère « surmontée », sans cesse défiée, mais une misère qui ne se laissera jamais vaincre.

Il a un sursaut.

Il s'est endormi. Sa plongée dans l'inconscience lui paraît brève. D'instinct, il regarde l'heure : le cadran de sa pendulette de voyage annonce minuit vingt. Chose curieuse, son réflexe est de rire à la perspective de la dame allemande qui l'a attendu devant l'hôtel, sur la place Galimberti.

Ce n'est qu'un court moment de détente car le bruit de la mandoline retentit.

C'est probablement lui qui l'a réveillé.

4

Il se sent en état de malfaisance. Cela le déconcerte et le grise à la fois. On dirait qu'une farouche rancune croît en lui, se développe jusqu'à l'investir complètement. Il aura fallu qu'il quitte la France et entreprenne seul ce voyage d'étude pour qu'une modification s'opère. Quand il a découvert son « infortune conjugale » (l'expression est d'une bêtise!), il a fait front avec une certaine maîtrise, sans montrer trop de peine ni de colère. Même Simens s'y est trompé. Comme tous les gens de son entourage, l'éditeur a cru que son ami dominait la situation, se demandant presque s'il ne l'avait pas fait naître au moment où cela l'arrangeait. Et il est probable que ce rôle à tenir l'a distrait quelque peu de son chagrin, de son humiliation. Il portait beau dans la détresse, minimisant celle-ci jusqu'à en faire un épisode banal, sinon un peu ridicule, de l'existence. Mais le mal restait planté, pareil à quelque cancer sournois qui attend son heure.

Est-il croyable qu'un homme puisse analyser sa vie alors qu'il tente d'assurer son équilibre sur une corniche située à quelques mètres du sol ? Car le voici plaqué au mur, dans sa robe de chambre dépenaillée, s'efforçant de ne pas regarder le trou d'ombre où la clarté lunaire ne parvient pas à se faufiler. Il tient la grenade d'exercice de sa main gauche et va, d'un pas glissé, vers le balcon en pierre sculptée du palais Rizzi. Depuis bientôt une heure, le joueur de mandoline s'obstine à supplicier l'instrument. Insoutenable ! Jérôme s'est dit, pour la défense de l'interprète, que celui-ci ignore sa présence chez la veuve De Renzis. Normalement, sa sérénade à la lune ne devrait déranger personne. Cette fois encore, il a poussé un coup de gueule à sa fenêtre ; mais ses protestations se sont perdues dans cette espèce de fosse commune qu'est la cour. Alors il s'est résolu pour la solution excessive, la solution folle : la grenade d'entraînement ! N'avait-il pas cette idée déjà ancrée dans la tête en la ramenant de sa voiture ?

Son épaule droite racle prudemment le mur. Ses pieds nus adhèrent au rebord râpeux. Il progresse lentement jusqu'à la grosse balustrade ouvragée et l'enjambe. Il songe, sans s'émouvoir, qu'à compter de cet instant il perpètre une violation de domicile pour la première fois de son existence.

A présent, il se trouve à moins de deux mètres de la pièce où s'exerce le musicien néophyte. La grenade est collée à sa main par la sueur. Le mercenaire à la retraite qui lui a fait ce singulier présent lui a donné des explications qu'il essaie de se remémorer : armer avec la petite béquille métallisée, lancer, mais en prenant bien garde de ne pas lâcher l'objet vénéneux en arrière en cours d'élan, geste fréquent chez les nouvelles recrues inexpérimentées. « Sitôt que la béquille est activée, tu disposes de cinq secondes avant l'éclatement. Il est très facile de compter les secondes : il suffit de les égrener en comptant : zéro zéro un, zéro zéro deux, zéro zéro trois... »

Un plaisir fiévreux, malsain, s'empare de l'écrivain. Ivresse de l'action interdite, jouissance puérile de l'homme qui va commettre un acte d'inspiration « criminelle », auquel il peut encore surseoir.

Le voici devant la porte-fenêtre grande ouverte à cause

de la chaleur. Un rideau en satin broché, d'un rose pâle décoloré, isole la pièce. Aucun souffle d'air ne l'agite; il pend avec une disgrâce due à l'humidité. Deuilh constate qu'il est constellé d'auréoles qui ont l'air de motifs tant elles sont nombreuses. Le tissu arrive à une vingtaine de centimètres du sol. La malheureuse mandoline émet des sons pareils à des plaintes. Un bref instant, Jérôme a la tentation d'essayer d'apercevoir « l'exécutant », mais pour cela il devrait écarter un pan de la vieille étoffe, aussi renonce-t-il.

Sa grenade change de main. D'un geste tranquille, il l'arme comme le lui a indiqué le vieux mercenaire. Puis, sans hâte excessive, il la fait rouler sous le rideau.

Voilà! mission accomplie! Une joie triomphale l'anime. Il oublie de compter. Mais quelle importance? Il lui semble que toute notion de durée est abolie. La grenade circule dans la pièce inconnue comme une météorite dans l'espace, grandiose parce que sans but préétabli.

Lui, la peur au ventre, parvient presque à courir sur la corniche. Il ignore le vertige et aspire de tout son être à retrouver sa chambre avant l'explosion.

Il enjambe le motif de pierre; met le pied dans son logement obscur. Au moment où il pense que la grenade, trop vétuste sans doute, n'éclatera pas, une monstrueuse déflagration se produit, dont le souffle le fait trébucher à l'intérieur de son appartement. Affolé, il ferme le vantail unique de la vieille fenêtre et s'assied à même le plancher. Il a la respiration courte et le cœur qui bat la chamade. Il a entendu des bris de verre; un cri peut-être? Et il se met à douter de ce qu'il vient d'entendre.

Deuilh s'attend à l'irruption de la *signora* De Renzis et croit deviner son pas traînant. Mais la réalité le trahit. Aux prises avec la confusion de ses pensées, le tumulte de ses sentiments, il n'est plus qu'un être pervers qui refuse son acte et se terre en lui-même : autruche à qui il suffit d'enfouir la tête sous son aile pour être sauve!

Au bout d'un temps qu'il ne pourrait déterminer, il gagne son lit et ramène les couvertures sur sa tête. Il n'a rien vu, rien entendu. Il s'encoconne dans sa lâcheté. Il sait qu'un certain remue-ménage se produit. Il pense même percevoir une sirène dans le quartier mais doute qu'elle concerne sa mauvaise farce. Une grenade d'exercice, c'est-à-dire « à blanc », n'a pu provoquer d'autres dégâts que des bris de vitre consécutifs au souffle. Et cependant, n'est-ce pas l'aigre glapissement d'une ambulance qui retentit à présent ?

Deuilh hésite à se lever pour aller aux nouvelles, au lieu de se réfugier dans la vieille chambre aux relents d'étoffes moisies. Pourtant, il n'ose quitter son gîte d'apprenti scélérat. Hors de ces larges murs, tous les périls le guettent. Ici, il est dans une espèce d'inexpugnable donjon.

Il finira par s'endormir sans heurts, inconsciemment, brisé par la fatigue et l'émotion.

C'est sa logeuse qui l'éveille en toquant à sa porte. Il la découvre comme chaque matin, engoncée dans ses sombres hardes, son chat dolent autour du cou, immuable.

Il la salue et trouve l'aplomb de questionner :

– Que s'est-il passé, cette nuit ? J'ai entendu un véritable vacarme dans l'immeuble d'en face.

Elle ne se départ pas de son expression réprobatrice et blasée.

– Je ne me préoccupe pas des voisins, affirme-t-elle avec comme de la jubilation dans la voix.

– J'ai cru à une détonation, insiste pourtant Jérôme.

Peine perdue : elle se contente de hausser les épaules en se retirant. Réagirait-elle si le palais Rizzi s'écroulait ? Il en doute. Quelle longue et patiente haine la sépare de ses voisins ?

Négligeant l'odorant café, il sort sans avoir fait de toilette, vêtu d'un jean et d'un blouson de toile passé à même la peau.

Le quartier n'affiche pas la placidité haineuse de la *signora* De Renzis. Il est encore en effervescence, preuve que « l'attentat » soulève l'intérêt. Des groupes animés engorgent les voies étroites de la vieille cité. Les gens discutent avec passion l'événement de la nuit. Deuilh prend son allure la plus badaude et contourne le pâté de maisons, de façon à gagner la façade du palais Rizzi. Elle n'a rien d'opulent, sinon sa porte de bois à deux battants. A tout prendre, il lui préfère sa cour en arcades, sombre et galeuse. Elle est plutôt étroite, peinte d'un vilain jaune biliaire, émaillée de rapiéçages au plâtre blanc. Rien de comparable avec l'architecture de l'arrière. Le devant de l'immeuble a dû être restauré au siècle dernier, sans qu'ait été tenu compte de son style d'origine. Cela donne une construction morne et désenchantée.

Deux voitures de police obstruent la rue étroite; leurs gyrophares tournent spasmodiquement. Un troisième véhicule, civil celui-là, mais qu'on devine appartenir à des autorités, achève de paralyser la venelle. Un fonctionnaire en uniforme se tient au centre de l'étroit carrefour pour réguler la circulation, essentiellement composée de camionnettes de livraison à cette heure matinale. Il règne dans le quartier une atmosphère non pas de drame, mais de fête. Deuilh songe à la surexcitation précédant le passage d'une course cycliste.

Il voudrait interroger les voisins sur ce qui s'est produit pour entendre les versions qu'on donne à l'explosion, mais les gens demeurent « entre eux », excités comme des poux et il n'ose intervenir dans leur frénésie; alors il va d'un groupe à l'autre, mains aux poches, les pieds nus dans des mocassins souples, cherchant quelqu'un à qui parler, ne le trouvant pas, éprouvant de ce fait une pénible sensation de quarantaine. Il tend l'oreille aux conversations pour tenter de recueillir une information mais les badauds sont bien trop volubiles et agités. Il ne tire rien de cette cacophonie. Il finit par risquer sa chance auprès d'un livreur occupé à décharger des caisses de jus de fruits.

– Excusez-moi; vous parlez français?

Le camionneur est un petit homme trapu et sans cou au visage malmené par la vie; il a dû beaucoup se battre et recevoir davantage de horions qu'il n'en a donnés.

– Un petit peu.

L'amabilité transalpine lui fait stopper son travail. Il a un front de taureau, des tatouages très élaborés sur les avant-bras, une paupière tombante qui donne quelque chose d'endormi à la partie gauche de son visage.

– Il y a eu un accident dans le quartier? demande Jérôme, en grande innocence. Les gens paraissent traumatisés.

Le livreur ne doit pas comprendre ce mot car il marque un temps de réflexion. Puis il déclare :

– *E scoppiata una bomba al palazzo Rizzi.*

– Une bombe au palais Rizzi?

– *Si.*

– Il y a eu des dégâts?

Mais ce type s'est vanté en déclarant qu'il parlait « un petit peu » le français car il ne comprend pas la question. Deuilh devra se renseigner auprès de quelqu'un d'autre. Il remercie son interlocuteur d'un hochement de tête et poursuit sa quête incertaine.

Il a accompli le tour complet du pâté de maisons sans trouver personne qui lui parût susceptible de le renseigner; à moins qu'il fasse un blocage et ne soit pas suffisamment détendu pour aborder les curieux? Écœuré par son inefficacité, il décide d'aller prendre un petit déjeuner substantiel au *Caffe Arione*, à l'angle de la Place Galimberti et du Corso Nizza, un vaste établissement confortable et suranné, célèbre pour ses chocolats, où l'on trouve le meilleur *cappuccino* de la ville. Les serveuses portent un uniforme et un calot de comédie. Les fauteuils sont garnis de cuir bordeaux, les meubles sont faits d'acajou sombre encaustiqué jusqu'au délire. C'est le genre de commerce comme on n'en trouve plus beaucoup à notre époque, confortable et *sélect*, selon un qualificatif tombé en désuétude. Il choisit une table libre, face au comptoir derrière lequel des employées enveloppent les gros chocolats maison de papier vert ou rouge selon qu'ils sont au rhum ou pralinés. Quelques-unes des filles méritent d'être regardées. Jérôme apprécie leurs gestes rapides, leurs figures rieuses; les sourires aimables qu'elles lui accordent à la dérobée l'émeuvent.

Il déguste le breuvage crémeux quand une femme s'arrête devant lui. Par-dessus le bord de sa tasse, il découvre une robe imprimée, à plis; il pose son *cappuccino* et voit l'Allemande du restaurant, immobile, qui le considère en souriant. Il se dresse, confus. Elle est seule. Honteux du lapin qu'il lui a posé la veille, il rassemble des projets de mensonge à lui débiter, mais c'est elle qui prend les devants.

– Je suis navrée de n'avoir pas pu, hier soir, fait-elle dans un anglais plus approximatif que le sien. Mon mari malade. Il ne supporte pas le champagne.

Jérôme devient euphorique. C'est le genre de chose qui lui donne à croire qu'on le protège, *d'en haut*. Il est comme un écolier qui aurait cru faire l'école buissonnière alors qu'on est mercredi. Du coup il éprouve un regain d'appétit pour la dame teutonne, la prie de s'asseoir à sa table et n'attend pas pour plonger la main dans les plis de sa jupe dont le tissu soyeux l'excite.

Elle ignore ce qu'est le *cappuccino*, accepte d'en

prendre un. Son parfum est un peu trop opiacé, mais il porte aux sens de Deuilh. Il devine sous ses doigts, à travers la robe, le modelé d'une cuisse. Par cynisme, il s'informe de la santé de l'époux, apprend avec plaisir qu'il souffre d'une crise de foie carabinée dont il lui faudra la journée pour se remettre. Il ne supporte pas le champagne, ce bougre d'Allemand à la manque. Ça veut conquérir le monde et quelques coupes de Moët et Chandon te le mettent sur le flanc!

Il va conduire l'épouse volage chez lui. Après tout, il n'a pas passé d'accord avec la vieille logeuse concernant d'éventuelles visiteuses.

Sa main glisse sans vergogne dans les plis grisants de la robe. Il lui palpe le sexe à travers l'étoffe et la sent frémir. Il sait reconnaître le degré de sensualité d'une femme. Une expression de son père lui revient. Quand il leur arrivait de déjeuner ensemble au restaurant, « l'ancêtre » (c'est ainsi qu'il le nomme depuis toujours) lui chuchotait :

« – Occupe-toi de la femme blonde à la table voisine : je te fous mon billet que c'est une bonne ! »

Jérôme sait que l'Allemande « est une bonne ». Il l'a su tout de suite.

– Vous m'accompagnez ? Je n'habite pas très loin, lui propose-t-il.

– Avec plaisir, répond-elle avec une infinie tranquillité.

Pendant qu'il règle les cafés, un vieil homme qui tient un dépôt de journaux près de l'établissement, surgit avec une brassée du quotidien *La Guida*, l'organe de Cuneo et de sa région. Il s'agit d'une édition spéciale. Le titre s'étale sur toute la première page. Le marchand dépose un paquet sur le comptoir.

Le cœur de l'écrivain s'emballe. Il va aux journaux, s'empare du premier de la pile et traduit sans grande difficulté la manchette :

Attentat à la bombe au palais Rizzi.
Une jeune fille est grièvement blessée.

Son cœur se racornit, obstrue sa gorge. Son saisissement est tel qu'il a l'impression de mourir. Tout est en folie dans son corps qui se trouve comme saccagé par la nouvelle.

Sous le titre s'étale la photo de la victime : une adolescente de dix-sept ans à la grâce lumineuse.

5

D'ordinaire, il ne la voit jamais quand il rentre, confinée qu'elle est dans ses appartements avec sa loque de chat sur l'épaule. Mais il suffit qu'il ramène une femme pour qu'elle se trouve dans l'entrée, à promener un chiffon de laine sur des meubles.

Elle jette à l'arrivante un regard mortel.

– J'ai rencontré une amie, fait-il, sans espérer être cru.

Et il pousse sa conquête dans son appartement.

Il a la tête en feu, le cœur toujours en chamade. Un flux d'angoissantes questions lui taraude l'esprit. Le mercenaire belge a-t-il voulu lui jouer un mauvais tour en lui offrant une véritable grenade ? Bien dans la mentalité d'un tueur de nègres ! Il conserve l'image de ce beau visage d'adolescente, affolé, fou de remords à la perspective d'avoir meurtri, mutilé peut-être, cet être plein de grâce et d'innocence. Il se méprise pour ce geste saugrenu, si peu compatible avec ses convictions humanistes. Y a-t-il donc décidément un soudard qui sommeille en chaque homme ?

L'Allemande reste immobile dans le bureau-bibliothèque, admirant ce décor austère et figé, acharné à conserver sa pompe bourgeoise patinée par le temps. Deuilh la considère avec morosité. Maintenant qu'il a amené à pied d'œuvre cette mangeuse d'hommes, il faut bien qu'il assume. C'est la règle de ce jeu idiot.

Il s'approche d'elle et la prend dans ses bras. Malgré son tourment, il est très vite subjugué par l'envie brutale qu'elle lui inspire. Jérôme songe que les véritables salopes sont voluptueuses. Le contact de la robe électrise la peau de ses doigts. Il sent son corps brûlant et encore ferme parcouru de subtiles vibrations. Elle lui offre sa bouche entrouverte, son souffle rauque annonciateur de plaintes. Il la trousse avec fureur. Sa chair tiède, barrée de jarretelles à l'ancienne, le porte à l'incandescence. C'est un brasier que cette bonne femme. Il croit la dévêtir avec brio, sans réaliser que c'est elle, en fait, qui se déshabille. Elle est bientôt nue, à l'exception des bas et des chaussures, éléments hautement excitants. Elle ne reste pas passive, lui prodiguant mille caresses savantes qui attisent son désir. Ils se retrouvent bientôt sur le tapis usé, à poursuivre la joute.

C'est alors que le fort ronronnement d'un aspirateur se déclenche; c'est un engin exténué et bruyant, qui pousse des rugissements. Le tube aspirant s'acharne contre le panneau de la bibliothèque et ces heurts rageurs se font de plus en plus furieux.

– Qu'est-ce que c'est? demande la partenaire de Deuilh.

– Ma logeuse, répond-il : elle est contre l'amour.

Ils se rabattent sur la chambre à coucher, ce qui est la logique même.

Mais ils ne sont pas pour autant à l'abri des manigances de la *signora* De Renzis, laquelle doit « guigner » par l'énorme trou de serrure leur manège amoureux. Sitôt qu'ils ont déplacé leur zone d'activité, c'est dans la porte de la chambre qu'elle administre ses coups de boutoir; la persécution devient intolérable. Ils sont bientôt contraints d'interrompre leurs ébats.

– Je suis navré, balbutie Jérôme.

– Elle est jalouse? demande la dame.

– Non : vieille. Dans mon pays on a une expression que je ne vais pas savoir traduire...

Il murmure, en français :

– Ni faire, ni laisser faire.

Sa partenaire, déconfite, se lève pour aller récupérer ses effets et se rhabille en silence.

– Quand partez-vous de Cuneo ? s'informe-t-il.

– Demain matin, si Kurd peut conduire...

– Où allez-vous ?

– Venise...

Naturellement !

Il dit en français à la femme :

– Ton cul dans une gondole, ça ne va pas être triste. Choisis-la en fonction du gondolier, il y en a de superbes.

– *Was?*

Il n'essaie pas de traduire, même en corrigeant la phrase.

Quelque chose qui ressemble à de la rancune les sépare. Deuilh abandonne sa chienne en chaleur à l'entrée après une esquisse de baisemain. Il la regarde descendre les degrés de pierre et plonger dans le soleil.

Lorsqu'il regagne son appartement, la vieille se dresse au milieu du couloir, l'œil sinistre. Tiens, elle n'a plus son chat pantelant sur l'épaule.

Elle l'apostrophe d'un ton bilieux.

– Monsieur, lorsque vous vous êtes installé chez moi, j'ai oublié de vous préciser que je ne voulais pas de femmes ici. Si vous pensez en ramener d'autres, il faut partir.

Un instant, il lutte contre l'envie d'être insolent ; mais son regard franchit la fenêtre pour errer sur la façade lépreuse du palais Rizzi.

– Soyez rassurée, je n'inviterai jamais plus personne.

Son expression contrite rassure la vieille dont les traits se détendent.

– Merci, dit-elle.

***

Armé de son dictionnaire de poche franco-italien, il passe près d'une heure à traduire l'article de *La Guida*. En homme épris de clarté et de précision, il recopie sa version. Il veut pouvoir la relire autant de fois qu'il le faudra. Cette application a toujours fait de lui un auteur crédible.

« Attentat au palais Rizzi, de Cuneo.

« Un engin explosif, vraisemblablement une grenade, a été lancé, la nuit dernière, dans une pièce du palais Rizzi donnant sur la cour. L'engin a grièvement blessé aux jambes Mlle Giulietta Grazioli, la nièce de la propriétaire, Mme Caterina Conte. Transportée à l'hôpital Santa Croce, la blessée a été immédiatement soignée par le professeur Emilio Ferrari appelé d'urgence. A l'heure où nous écrivons ces lignes, nous ignorons les pronostics du réputé médecin.

« La police se perd en conjectures sur les mobiles de cet acte criminel qui a failli coûter la vie de l'adolescente. La thèse qui prédomine est la vengeance. Il semblerait en effet que Mme Caterina Conte, tante et tutrice de la jeune fille soit en butte à d'assez vives inimitiés dans la région. Les débris de la grenade vont être communiqués au laboratoire de police technique de Milan où ils seront analysés.

« Les autorités en appellent au témoignage de toute personne qui aurait vu rôder quelqu'un de suspect aux abords du palais Rizzi, entre une heure et une heure trente, la nuit dernière, ou qui aurait été intriguée par la présence dans le quartier d'une voiture inhabituelle. Voici le numéro de téléphone que pourraient utiliser d'éventuels informateurs. La discrétion la plus totale leur est d'ores et déjà assurée. »

A l'intérieur du papier, un texte en italique est consacré exclusivement à la victime.

« Giulietta Grazioli. Fille de Luciano et de Renata, frère cadet et belle-sœur de la dame Conte, décédés accidentellement à Palerme voici cinq ans. Demeure chez sa tante et tutrice qui l'a recueillie. Dotée d'un tempérament artistique, Mlle Grazioli se livre à la peinture sur tissu et exécute des châles d'une grande délicatesse. »

Jérôme se demande à quoi ressemblent des châles *d'une grande délicatesse*. Son intérêt se fixe sur la photo. Elle le bouleverse. Il a rarement vu un visage plus pur, des traits plus réguliers, des yeux aussi candides.

« J'ai massacré un ange ! » songe-t-il.

Il voudrait pouvoir pleurer, crever l'énorme bulle d'air qui obstrue sa gorge.

L'idée lui vient de se dénoncer, ne serait-ce que pour faire cesser les malveillances qu'il sent poindre.

Il reste là, prostré, devant le pathétique visage de cette presque femme qu'il a blessée parce qu'elle essayait de jouer de la mandoline !

6

L'*Ospedale Santa Croce* se trouve près de la gare. C'est une vaste construction blanche et rouge que Deuilh estime d'aspect accueillant. Il y pénètre, vêtu d'un costume de gabardine bleue, chemise blanche, cravate marine, portant avec toute la gaucherie dont sont atteints les hommes en pareil cas un énorme bouquet de roses blanches et jaunes qui fait un peu « Saint-Siège ». Il demande, aux entrées, la chambre de la *signorina* Grazioli. On la lui indique sans problème, ce qui le rassure confusément : si la jeune fille était dans un état grave, on filtrerait probablement ses visiteurs ?

Il emprunte l'escalier, la blessée se trouvant au premier étage. Jérôme juge l'établissement agréable, presque joyeux, sans doute à cause des jeunes infirmières et filles de salle qui y travaillent dans la bonne humeur.

Il est terrifié par sa démarche. Le bourreau apportant des fleurs à sa victime. Quel diable l'a poussé à accourir, après une nuit d'insomnie ?

Que peut-il espérer d'une telle entrevue ? N'est-ce pas de la folie que de rendre visite à une adolescente inconnue, lui l'étranger qui parle mal l'italien ? Mais sa décision est bien arrêtée. Elle lui est venue au matin, pendant qu'il se rasait. Les joues mousseuses, le rasoir à la main, il est allé, nu, dans la bibliothèque regarder une fois encore la photo du journal. Il répondait à une sorte d'appel. Il a dû murmurer, ses yeux dans ceux du portrait :

« Oui, je viens. »

Alors il est là. Et qu'importent les éventuelles conséquences. Un mystérieux instinct l'informe qu'il va périr de cette visite. Il accepte. Il s'agit d'une fatalité à laquelle il se confie voluptueusement, d'une fin mieux que consentie : souhaitée. « Chambre 124 » lui a dit la préposée de l'entrée.

Le voici devant la porte sur laquelle les trois chiffres ont été peints au pochoir.

Il frappe doucement. Rien ne se produisant, il recommence puis, comme aucune réaction ne lui parvient, se décide à entrebaîller l'huis. Il découvre une chambre exiguë meublée d'un lit de fer peint en blanc, d'une table de nuit et d'un placard métallique comme en comportent les vestiaires d'usine. « Elle » dort, la tête tournée vers l'entrée. Il distingue un petit visage blafard, couleur de plâtre, sous des cheveux bruns aux reflets roux. Les paupières sont légèrement bleutées. Son poing droit masque sa bouche. La blessée dégage une telle expression de sérénité, elle est si angélique, qu'une profonde émotion s'empare de lui. Il s'avance dans la pièce, d'un pas feutré, tenant son énorme bouquet comme un bouclier, s'arrête à un pas de la couche. A la tête du lit, une image sainte achève de jaunir dans son cadre dédoré. Est-ce son fluide ou le parfum opiacé des roses qui la réveille ? Elle entrouvre les yeux. Un filet de regard se promène sur sa personne. Et tout à coup elle sursaute.

– Non, n'ayez pas peur ! supplie Deuilh.

Elle comprend le français car, presque instantanément, son inquiétude disparaît pour laisser place à une expression hostile. Ils se contemplent longuement. Lui tente de faire passer dans ses yeux un maximum de douceur et de compassion, elle, au contraire, le fixe avec défiance, presque avec antipathie.

Il murmure :

– Vous comprenez le français ?

Elle ne marque aucune réaction...

Il s'efforce de poursuivre :

– J'habite tout près de chez vous. J'ai appris ce qui s'est passé et je suis sincèrement désolé.

Comme elle reste fermée, il dépose son énorme bouquet sur la table de nuit, renversant la pendulette de voyage posée dessus.

– Je me suis permis de vous apporter ces fleurs, mais peut-être est-ce contraire aux convenances ? Auquel cas je vous prie de me pardonner ; si vous les jugez inopportunes vous n'aurez qu'à les faire porter à la chapelle de l'hôpital. Car il y en a probablement une, n'est-ce pas ?

Il essaie de risquer un sourire qui avorte. Elle continue de le fixer sans ciller, elle doit pouvoir le regarder de la sorte indéfiniment.

Changeant de sujet, il questionne :

– Comment vous sentez-vous ? Votre blessure est grave ?

Il commence à se demander si elle comprend vraiment le français quand il l'entend murmurer, d'une voix à peine audible :

– Laissez-moi !

Ce qu'il ressent alors est semblable à du chagrin. Elle se tourne, au prix d'un gros effort, vers la table de nuit, saisit l'extrémité du ruban vert qui noue les tiges de ses fleurs et tire doucement dessus. Le gros bouquet tombe sur le plastique recouvrant le sol. La blessée demeure immobile, dos à lui.

Jérôme éprouve une peine dont il devine toute l'ampleur. Il voudrait se pencher sur cette adolescente farouche et enfouir son visage dans ses cheveux.

– Je vous demande pardon, balbutie-t-il.

Il gagne la sortie à reculons. Avant de s'éclipser il capte

intensément la modeste pièce où elle gît : la couche, d'un blanc grisâtre, les murs vert d'eau, la fenêtre au méchant store de guingois, ses roses qu'il aperçoit de l'autre côté du lit haut sur pattes, à peine meurtries par leur chute, la barre de néon au plafond, l'image pieuse qui achève de se faner et surtout, oh! oui, surtout, ces frêles épaules qui émergent des draps et cette chevelure noire aux reflets d'ambre.

La porte franchie et refermée, il marque un temps d'arrêt; étourdi par une stupeur à laquelle tout son être participe.

Il se trouve précipité dans une spirale de sentiments encore inconnus de lui et qui va l'entraîner aux abysses.

7

Deux jours s'écoulent, qui seront pour lui les plus angoissants de son existence. Deux jours d'un tourment lancinant, nouveau parce qu'inexplicable. Certes, il souffre de culpabilité; mais il n'y a pas que cela : « il a besoin » de la fille du palais Rizzi. Oui : besoin. Il ne trouve pas d'autres mots pour cerner ce qu'il ressent. Il ne la convoite pas physiquement; du moins n'y a-t-il pas de connotation sexuelle dans son exigence d'elle. Simplement, elle lui est nécessaire au point que sa vie a perdu toute impulsion et court sur son erre.

Il cherche dans ses souvenirs amoureux la trace de sentiments similaires, mais il a beau s'efforcer à la sincérité, il n'en débusque aucun.

Pour la première fois depuis qu'il s'est installé chez la *signora* De Renzis, il ne va pas au restaurant le soir. Soif de solitude. Il se rappelle l'expression qu'a eue un ami suisse durement affecté par la mort de son père : « J'ai envie de me foutre le nez dans le cul et de ne plus bouger. » Comme un chien, en somme. Deuilh aussi se sent « animal » dans son désarroi.

Lorsque la nuit tombe, il n'éclaire pas et grignote un paquet de biscuits devant la moitié de fenêtre qui donne sur le palais. L'arrière de la vétuste demeure est obscur. Une clarté lunaire parcimonieuse tombe sur la façade, pour en accentuer les ombres plus que pour l'éclairer. La fenêtre de « la » chambre est fermée, ce soir, mais l'on distingue le rideau vieux rose derrière les vitres. Jérôme donnerait sa vie pour réentendre la mandoline. Pourquoi l'avait-elle rendu comme fou ? Il tente de reconstituer l'idée qu'il se faisait de l'interprète. D'abord, il croyait à un homme, alors que c'est davantage un instrument de femme. Quelle sorte d'individu imaginait-il pour l'envelopper de cette haine disproportionnée ? A présent, son invention s'est enfuie de son esprit. Il a beau essayer de la reconstituer, il n'obtient qu'une forme médiumnique en cours d'effacement.

Le temps passe, sans signification. Il a l'impression que sa route est venue achopper contre la partie lépreuse de cette construction. Cette réflexion l'amène à se dire que seule Giulietta habite l'arrière de la demeure; y est-elle reléguée ou a-t-elle choisi d'y vivre pour des raisons de tranquillité ? D'après le journal, c'est une artiste, il se peut qu'elle ait préféré la zone retirée afin de s'y sentir plus libre ?

Il est assis à califourchon sur une chaise, les bras croisés sur le dossier, comme une sentinelle oubliée qui s'obstine dans une faction devenue stérile.

Il tressaille en entendant frapper à sa porte. C'est la logeuse au chat qui vient prendre de ses nouvelles; elle est inquiète de ne pas l'avoir entendu sortir.

– Vous n'allez pas dîner ?

– Non : je n'ai pas faim.

– Vous êtes malade ?

– Je ne le pense pas.

Ce soir, elle serait d'humeur à bavarder s'il entrait dans le jeu, seulement il n'a rien à lui dire. Si elle acceptait de lui parler « des gens d'en face », ce serait différent, mais Jérôme sait parfaitement qu'elle couperait court à toute question les concernant.

– Voulez-vous un peu de minestrone, il m'en reste ?

– C'est très gentil de me le proposer, mais je préfère jeûner.

– Vous aimez demeurer dans le noir ?

– C'est bon pour le mal de tête.

Elle comprend qu'il n'est pas enclin à la conversation et se retire.

Le voici seul avec ses pensées ; avec sa vie. Quand il risque un survol, il l'estime bâclée. Se dit que les individus ne s'y préparent pas. Ils la subissent, tout heureux de respirer et d'y voir à peu près clair, sans jamais se poser les bonnes questions. Ils manquent d'exigences, en s'imaginant que tout leur est dû.

Puis il retourne à sa méditation oiseuse ; passe d'un souvenir naufragé à de sombres considérations sur son existence. Il va l'amble, comme tous ces chevaux guillerets qui lui font un brin de conduite.

Son marasme doux-amer s'accentue. Nostalgie d'autre chose. Au cours de son existence, il s'est très souvent senti entraîné vers un irrémédiable qu'en fin de compte il ne pourra esquiver.

Peut-être que s'il pleurait il en retirerait un soulagement du premier degré ? Hélas, il ne sait pas faire. A la mort de sa mère, il était blême et sec derrière sa dépouille, dans les allées du cimetière.

L'image de la jeune Giulietta ne le quitte pas. Des expressions de l'adolescente passent et repassent, montées sur boucle, dans sa tête. Il la voit, embusquée au creux de son lit d'hôpital derrière son poing fermé.

Il retrouve l'éclat particulier de sa chevelure, ces traînées couleur acajou qu'il pense naturelles. Lorsqu'elle a sorti son bras du lit pour faire basculer le bouquet, il l'a trouvée menue, presque maigre. C'est la première jeune fille qu'il aperçoit couchée. Quand il était garçon, il ne s'intéressait qu'aux femmes car les tendrons lui causaient un inexplicable malaise. Sans doute en avait-il peur ? Lorsqu'il a rencontré Laurence, certes elle était demoiselle mais elle avait déjà eu deux amants, et ne s'en cachait pas. Il a vécu avec elle un amour terriblement physique qu'il a pris, à l'époque, pour de la passion. Rien de comparable avec cette sorte de tragédie silencieuse qui le mine.

Il passe des heures devant sa demi-fenêtre, guetteur de rien, proche d'une désespérance sans nom, froide et mortelle. Que lui est-il arrivé ? Devient-on un banni de soi-même parce qu'on a, par jeu cruel, porté atteinte à l'innocence ?

Plus tard, beaucoup plus tard dans la nuit, il abandonne son siège pour s'allonger sur le parquet disjoint dont les lames sentent l'encaustique.

Il s'y endort d'un sommeil louche de condamné à mort, le corps parcouru de frissons.

***

Il s'éveille au petit matin en claquant des dents. Son front est brûlant. Jérôme sait qu'il vient de prendre froid et qu'une angine démarre. Il en fait assez souvent, la gorge étant son point délicat. Curieusement, cette constatation ne le désole pas, il devine confusément qu'une petite maladie risque d'opérer une diversion. Il va devoir se soigner, rester pelotonné dans son lit triste, à regarder jusqu'à l'hallucination les motifs du plafond peint. Peut-on *vraiment* vivre un tourment sentimental quand on est aux prises avec un mal physique ? La viande gagne toujours sur l'esprit.

Deuilh met beaucoup de temps à se rendormir. Encore ne s'agit-il que de pertes de conscience sporadiques. Par instants il affleure la réalité pour repenser à la jeune fille de l'hôpital. Par flashes, il revoit son bras maigre, le tendon saillant du cou, ses épaules étroites. Pourquoi a-t-elle jeté ses fleurs au sol ? Pour lui signifier qu'elle ne veut rien accepter de lui et réprouve sa visite ? De quel droit cet étranger s'est-il permis de violer l'intimité de sa chambre ? Il se demande même si elle n'aurait pas deviné son rôle dans l'affaire de la grenade.

Un bruit roulant, violent, l'arrache à son mauvais sommeil. Il réalise qu'un orage s'abat sur Cuneo. De gros grêlons frappent les vitres, les tuiles plates des toitures. Comme toujours, quand les éléments se déchaînent, il y a une sorte de rage frénétique dans leur débordement. Mais ce qui est paroxystique ne dure pas longtemps. Très vite, les billes de glace cessent de crépiter et un calme brutal qui ressemble à un étourdissement de la nature fait place à ce coup de furie.

Deuilh se lève en chancelant. La tête lui tourne, le sang frappe ses tempes et il a la gorge en feu. Il se traîne jusqu'aux anciennes toilettes inconfortables, d'une allure harassée.

Intérieurement, la porte de celles-ci est revêtue d'un grand miroir constellé de taches. Est-ce par souci d'humilité que le propriétaire avait fait poser cette longue glace en un lieu où l'homme a le moins le souci de ses apparences ? Chaque fois que le locataire de la *signora* De Renzis est contraint d'y venir, il baisse la tête pour éviter de s'y rencontrer.

Ce matin, il en va autrement. Jérôme fait de la délectation morose à contempler sa pauvre gueule égarée.

Il observe avec une sauvage complaisance ses traits tirés, son teint blafard, son regard auquel la fièvre donne une expression hagarde. Sa quarantaine semble très loin ; en une nuit, il paraît avoir vieilli d'une quinzaine d'années. Son visage connaît une étrange misère.

Il s'efforce de prendre un bain qui fait baisser quelque peu sa température. Vaguement requinqué, il est déjà habillé lorsque sa logeuse lui apporte le café. Un revirement s'est opéré dans l'attitude de la femme au chat et elle lui a apporté des *savoiardi* saupoudrés de gros grains de sucre, dans une petite corbeille d'osier, en lui expliquant que cette pâtisserie est une spécialité de Cuneo.

Après son départ, ne pouvant rien avaler, il les jette dans la cour où quelque animal les mangera.

Son café bu au prix de mille souffrances, il s'abat dans le fauteuil du bureau pour y couver sa fièvre.

Une lente méditation cahotique l'emporte dans un monde plus ou moins onirique. C'est toujours la même vision sempiternelle qui le harcèle : la jeune Giulietta se retournant dans son lit étroit pour libérer la table de nuit du magnifique bouquet jaune et blanc. Si fluette dans la chemise de nuit d'hôpital. Il a cru sentir comme une espèce de haine à son égard. Pourquoi a-t-il inspiré à l'adolescente un aussi violent sentiment de répulsion ? A croire qu'elle sait qu'il est l'auteur de ses blessures ?

Au bout d'une assez longue période indécise, il retourne se coucher, tout habillé, en tirant le couvre-lit jusqu'à son menton. Contrairement à ce qu'il a cru au début, cette angine ne « fait pas son affaire » car elle ne le dispense pas d'être malheureux. Au lieu de soulager son moral, elle le grève d'une difficulté à concevoir clairement les choses tourmentantes qui l'oppressent.

Il finit par se relever pour prendre de l'aspirine dans sa trousse de toilette.

Le remède miracle ne tarde pas à lui apporter une fallacieuse sensation de guérison. Il tente de défriper ses vêtements, se recoiffe et quitte la maison De Renzis d'une allure dont il sait la fermeté illusoire.

***

Dans la via Roma, l'artère principale de la vieille ville, il a remarqué une bijouterie importante sous les arcades basses. La boutique est traversante, c'est-à-dire qu'elle unit deux voies parallèles. Elle comporte un grand nombre de vitrines.

Il y pénètre sans trop savoir quoi acheter à « Giulietta ». Besoin d'offrir coûte que coûte quelque chose qui, selon Giraudoux, la rendrait enceinte du bijou.

Une vendeuse s'empresse avec un air affable qui semble vouloir dissimuler un accablement congénital. Il lui dit chercher une idée de cadeau. Il prend un plaisir secret, intense, à passer en revue colliers et bracelets, broches et clips, chaînes et boucles d'oreilles. Il songe qu'il n'aura pas particulièrement gâté son épouse. La bague de fiançailles exceptée, il n'a dû lui offrir qu'un bracelet d'or, un tour de cou, une montre. Non qu'il soit pingre, mais « il n'y pensait pas ». Aux anniversaires, à Noël, il se fendait d'une toilette (elle s'habillait beaucoup), ou bien il lui changeait sa voiture.

Il hésite longuement devant les vitrines débordantes, finit par opter pour une montre sport Cartier qui fait très « jeune fille ».

Cette fois, il ne se risquera pas à l'hôpital pour la lui remettre. Il demande à la vendeuse si on peut la livrer. Dans l'affirmative, il écrit le nom et l'adresse de la blessée sur un bloc.

La fille lit le nom. S'agit-il d'une fausse impression : il semble à Jérôme qu'elle a sourcillé.

Il regagne son logement, le cœur allégé, avec la sensation d'avoir accompli un geste susceptible de l'arracher à sa détresse morale et physique.

Comme sa température reste sage et qu'il a moins mal à la gorge, il décide de reprendre son travail sur les vestiges de l'architecture fasciste. Ce projet est né au cours d'un repas avec Simens. Cela a débuté par des considérations sur ce qui pouvait, à notre époque, subsister du « règne » mussolinien. Les deux amis sont tombés d'accord que le style, vaguement hérité de la Rome antique, se lisait encore dans les villes d'Italie et qu'il serait historiquement intéressant de le fixer dans un ouvrage.

Il a commencé son enquête par Cuneo parce que, le Piémont s'étant montré hostile au Duce, il convenait de recueillir l'empreinte architecturale du dictateur là où il suscitait le moins d'enthousiasme.

Au fur et à mesure qu'il travaille, il sent revenir la fièvre. De perfides frissons courent dans ses muscles, et il entend battre son sang. Il se met à somnoler sur sa table, un peu comme un buveur dont l'ivresse monte.

***

Il existe une vieille pharmacie dans le quartier, qui sent « l'apothicaire » comme jadis en France les officines de province. Jérôme y fait l'emplette de médicaments dont il sait déjà qu'ils resteront sans grands effets puisqu'ils sont en vente libre, mais comme la plupart du temps, la foi du charbonnier le dope d'illusions. Il regagne son gîte, pratiquement épuisé.

A l'instant où il ouvre la porte de l'immeuble, quelqu'un lui frappe l'épaule. Il se retourne pour découvrir un surprenant vieillard à l'apparence déplaisante. L'homme a une peau rosâtre et luisante, des cheveux presque blancs mais qui furent d'un roux ardent dont les favoris et les sourcils portent encore témoignage. Son nez est très large, constellé de laides verrues; des buissons de poils fauves sortent des narines, écœurants. Le plus repoussant chez cet être aux yeux laiteux, c'est l'atroce cicatrice qu'il porte au cou. A l'emplacement de la glotte, il y a un trou profond, pareil à une deuxième bouche aux lèvres tuméfiées. Cette ancienne plaie est monstrueuse et fait de lui un objet de dégoût. Il darde son regard d'aveugle sur Deuilh. On parvient à lire une expression mauvaise qui dément sa cécité apparente. Chez lui, la disgrâce a l'air d'un châtiment.

– Vous désirez ? questionne l'écrivain, mal à l'aise.

Le vieillard tire un petit paquet de sa poche et lui tend la montre qu'il a fait livrer à l'hôpital. Le bijou n'a pas été déballé. Deuilh reste immobile, regardant son présent refusé avec hébétude. Une profonde navrance le point.

Comme il n'amorce pas le moindre geste pour s'en saisir, le vilain bonhomme émet quelques sons inaudibles et jette la boîte aux pieds de son interlocuteur avant de s'éloigner en traînant la jambe droite.

8

Deuilh passe quarante-huit heures sans sortir de la maison De Renzis. Il est malade; malade au point de grelotter et de claquer des dents. Sa température doit atteindre des sommets historiques car il traverse des périodes d'inconscience. Au cours de ces deux jours, sa logeuse le soigne avec un réel dévouement. Il se dit qu'elle doit être mère, il le faut, pour dispenser autant d'attentions. Elle parle d'appeler le médecin, mais Jérôme refuse. Il est terré dans son mal et, confusément, il devine que cette parenthèse inopinée va être bénéfique, qu'elle interrompt la fatalité qui pesait sur lui. Du fond de sa débâcle physique, il voit poindre une aube. Il ressent comme une certitude lumineuse, une foi nouvelle qui le réconforte en lui apportant l'espoir.

La vieillarde le sustente de son mieux avec des aliments éprouvés de grand-mère : lait chaud sucré au miel, bouillons de viande et autres potages à la farine de maïs. A sa demande, elle lui apporte le journal. « L'affaire » s'étiole et s'essouffle dans les colonnes de *La Guida*. Selon les examens du laboratoire, l'engin explosif n'était qu'une grenade d'exercice de fabrication tchèque. Elle a eu les fâcheuses conséquences « que l'on sait » parce qu'elle a explosé contre la jambe de la *signorina* Grazioli, mettant le feu à son bas et à sa robe de chambre. On peut donc penser que seul un malencontreux hasard l'a rendue offensive et que la jeune fille a été victime d'un mauvais plaisant plutôt que d'un criminel endurci. Cette opinion retire son intérêt à l'affaire et la presse cesse de traiter ce sujet peu « juteux ».

La dernière allusion qui est faite à « l'attentat » est pour annoncer la sortie de l'hôpital de la victime.

Dès lors l'écrivain passe des heures entières en faction, essayant d'entrevoir la blessée. Mais la fenêtre reste close et les rideaux tirés.

***

Il se présente trois jours plus tard au palais Rizzi. Comme après chaque angine, il a dû perdre deux ou trois kilos. L'amaigrissement, chez Jérôme, se manifeste principalement au cou ; il peut glisser quatre doigts entre son col de chemise et sa peau. Des parenthèses grises enserrent sa bouche et il subsiste dans ses yeux une expression dolente qui, toujours, alarmait sa mère. Comme pour tenter de compenser sa triste mine, il s'est habillé avec recherche, porte un pantalon de flanelle, un blazer marine, une chemise rose pâle avec une régate.

Il tire la chaînette de l'entrée et perçoit, à l'intérieur, une sonnerie bruyante qu'il juge vulgaire.

Un temps assez long s'écoule avant que la lourde serrure ne se mette à grincer. Le vantail droit de la double porte s'écarte et il se trouve en présence d'une petite femme boulotte, sans grâce, aux yeux naïfs, vêtue d'une blouse pardessus laquelle elle a noué un tablier déchiré. Jérôme pense qu'elle est passée près du mongolisme. Elle dit, d'une voix de petite fille :

– *Buon giorno, chi la desidera?*

Il lui sourit pour l'apprivoiser.

– La *signorina* Grazioli, je vous prie.

Elle acquiesce, séduite par le visiteur bien mis dont le regard enjôleur la déconcerte. Elle l'invite à pénétrer dans une entrée aux dalles disjointes, meublée d'un immense bahut de bois sombre de style baroque et de quelques sièges qui font songer à des prie-Dieu.

La servante grimpe l'escalier. Le bas du palais doit être inutilisé, comme à Venise où l'eau rend les rez-de-chaussée inhabitables. Ici, ne susbiste que la vaste entrée.

Un assez long temps se passe que Jérôme utilise à contempler les tableaux aux murs : des croûtes pontifiantes encadrées de bois noir. Personnages en costumes XVIIe, scènes de repas ou de chasse, vénerie, chiens, caniches affétés, balancelles.

Il se retourne en entendant un pas et voit descendre à lui une femme ayant dépassé la cinquantaine, très soignée, l'air affable. Il en déduit qu'il doit s'agir de la tante de Giulietta, la *signora* Conte, dont la presse a parlé. Il s'avance à sa rencontre et l'attend au bas des marches. Lorsque trois ou quatre degrés seulement les séparent, il s'incline :

– Je vous présente mes hommages, madame; parlez-vous français ?

Elle déclare en le rejoignant :

– C'est presque un devoir, monsieur, pour une Piémontaise.

– Mon nom est Jérôme-Marie Deuilh, je suis un Parisien en voyage d'étude à Cuneo.

– C'est flatteur pour notre ville, monsieur Deuilh; asseyez-vous, je vous prie.

Elle lui désigne une chaise à haut dossier; elle-même en prend une autre qu'elle s'abstient de rapprocher de celle de son visiteur, si bien qu'ils sont curieusement assis à trois mètres l'un de l'autre sur un même plan, comme pour une audience princière.

Il ne peut détacher ses yeux de l'arrivante. La juge

d'une beauté froide et dotée d'une forte autorité. Le genre de femme qui fait baisser les yeux de qui l'approche. Elle conserve son vague sourire de bienvenue. Sourire de circonstance qu'un rien peut dissiper. Elle attend, sans marquer d'impatience, ni de curiosité, sans expliquer non plus pourquoi c'est elle qui le reçoit alors qu'il demandait sa nièce.

Le moment est venu de débiter le mensonge qu'il a préparé :

– Madame, je suis momentanément le locataire de votre voisine, la *signora* De Renzis.

La tante de Giulietta s'offre une légère mimique ironique qui doit signifier « je vous souhaite bien du plaisir ».

– Je me trouvais donc aux premières loges quand cette bombe a éclaté, poursuit Jérôme. Je me suis précipité à la fenêtre aussitôt après la déflagration et je pense avoir aperçu les auteurs de cet attentat.

Elle cesse de sourire. Son visage devient tendu et dur.

– C'est très intéressant, monsieur Deuilh, fait-elle.

Et elle espère la suite.

Jérôme est gêné par le regard inquisiteur de son hôtesse. Sa personnalité a quelque chose d'écrasant.

– J'ai aperçu deux hommes qui m'ont paru très jeunes pour autant que l'obscurité m'ait permis d'en juger. Je dirais plutôt des garnements.

Elle a du maintien, de la classe. Sa toilette Escada : un tailleur de velours vert olive orné de motifs rouges aux poches ne fait pas province, mais il jurerait qu'elle vient de le passer après que la servante lui eut appris qu'un élégant *signore* demandait à être reçu.

Elle a le cheveu noir, cendré par larges mèches, et porte un collier de chien en or jaune. Des tavelures brunes marquent ses mains. Ses yeux sombres ont des reflets d'améthyste. La seule particularité qu'il juge déplaisante chez elle, ce sont ses lèvres minces qui trahissent un caractère aigu.

Jérôme reprend avec effort :

– Sans doute vous demandez-vous pourquoi je n'ai pas rapporté ce fait à la police ?

– En effet, convient-elle avec tranquillité.

Il se sent rougir.

– Tenez compte, madame, que je suis étranger et ne parle pas votre langue. Ajoutez que je n'étais pas absolument certain que les deux garçons en question fussent les lanceurs de bombe. Bref, je me sentais en porte à faux. Si j'ai rendu visite à votre nièce, à l'hôpital, c'était pour apprécier la gravité de ses blessures.

Là, il s'empêtre, sait pertinemment qu'elle cesse de le croire. D'ailleurs elle le contre avec fermeté :

– Qu'est-ce que son état peut changer à votre témoignage, monsieur Deuilh ?

Il hausse les épaules et se tait, car il s'étranglerait s'il tentait de se justifier davantage. Le regard aux reflets mauves ne le quitte pas. Un regard pénétrant qui « le tient ».

Un silence s'écoule qu'il va devoir rompre à tout prix.

– En lisant dans le journal d'aujourd'hui que cette bombe n'était en réalité qu'une grenade à blanc, j'ai vraiment réalisé...

Brusquement, elle lui fait grâce de ses explications comme si le sujet ne l'intéressait plus.

Elle dit, d'un ton badin :

– J'ignore ce que la *signora* De Renzis a pu vous dire de nous, mais sachez qu'elle nous voue une haine sans merci depuis que son défunt mari a perdu le procès qu'il avait intenté à notre famille pour une sotte question de droit de jouissance de la cour. C'était un homme de loi chicandier et mesquin. A la suite d'interminables et ridicules poursuites il a fini par être débouté. Sa veuve voit dans cet échec la cause de sa mort ; en réalité, il souffrait d'un cancer de l'estomac qui explique et sa fin et son caractère acariâtre.

Elle caresse les motifs ornant ses poches.

– Puis-je vous demander pourquoi vous vouliez faire un cadeau à ma nièce, monsieur Deuilh ?

Il ne peut se retenir de répondre à sa question par une autre.

– Comment avez-vous su que ce présent venait de moi ?

Moue indulgente de la dame.

– Vous avez vu Cuneo ? C'est une petite ville où l'on rapporte au domicile des habitants le bouton de veste qu'ils ont perdu dans la rue. Alors ?

Il a un sourire.

– A vrai dire, finit-il par murmurer, j'ai l'impression qu'étant votre voisin et ayant vécu l'attentat, cela a créé un courant d'intérêt entre nous.

S'enhardissant, il sort gauchement de sa poche la montre que lui a rendue le vieil homme défiguré.

– Maintenant que vous connaissez mon mobile, me permettez-vous de persister ? L'emballage commence à être défraîchi, mais ce qui importe c'est le contenu, n'est-ce pas ?

Une lueur trouble passe dans les yeux de la tante. Elle considère le paquet qu'il lui tend mais ne fait pas un geste pour s'en saisir.

– Puis-je vous demander ce que c'est ?

– Une montre; vous voyez qu'il ne s'agit pas d'un cadeau compromettant.

– Je suis navrée de vous décevoir, monsieur Deuilh, mais ma nièce ne peut l'accepter. Elle a dix-sept ans. Une adolescente appartenant à un certain milieu ne reçoit pas de présent d'un homme qu'elle ne connaît pas, vous en conviendrez ?

Il éprouve une confuse meurtrissure de l'âme, comme toujours quand un ardent espoir est déçu. Il se sent profondément ridicule, son petit paquet à la main. Quelque chose en lui regimbe. Il voudrait expliquer à cette femme rigide qu'il est en proie à un mal inconnu : sorte de consomption aux dégâts foudroyants. Lui dire qu'il est victime d'étranges circonstances qui le modifient. Il se trouve emporté, arraché à sa vie, roulé, anéanti. Mais le regard violet de son interlocutrice le retient de parler. Il devine qu'il a en face de lui un être peu sensible aux états d'âme d'autrui. Quelqu'un capable de jauger rapidement les hommes et les situations. Il n'a rien à espérer d'elle : aucune complicité, aucune bienveillance. L'idée lui vient de tenter de la séduire pour « l'annexer », seulement il est si totalement réfractaire à son charme qu'il abandonne cette pensée trop rouée.

Il se lève. Ce mouvement trahit sa faiblesse car il est obligé, une fois debout, de prendre appui sur le dossier de son siège. Elle note cette défaillance mais s'abstient d'y faire allusion. Cette femme est d'un sang-froid insoutenable parce qu'il est le signe d'une complète indifférence.

Elle l'escorte jusqu'au perron, comme pour bien s'assurer qu'il s'en va. La *signora* Conte ne lui tend pas la main.

– Adieu, monsieur.

Deuilh la fixe longuement et jette la montre sur la chaussée.

Elle n'interrompt pas son sourire et referme la porte.

9

Il est dans un état insurrectionnel. Lui si ardent, toujours porté par des sentiments qu'il laisse s'épanouir, le voilà froid et dangereux comme une lame effilée conçue pour donner la mort bien qu'un subtil graveur l'ait travestie en œuvre d'art. La haine qui brûle sa poitrine devient son ultime recours pour s'arracher à ce désespoir qui lui ôte le goût sacré de la vie. Il maudit la *signora* Conte qui l'a floué avec tant d'habileté sans se départir de sa classe ni de son amabilité glacée. Il a la conviction qu'elle est pour Giulietta une espèce de Thénardier à la florentine; une tutrice-geôlière implacable. Il décide de délivrer l'adolescente.

Jérôme marche le long des arcades basses. Le plus grand désordre est en lui. Brusquement, cette ville l'étouffe. Une voix lointaine lui souffle de faire sa valise et de quitter l'Italie. Ce soir, très tard, il peut retrouver Paris, son appartement d'artiste aisé, peut-être faire le tour des établissements de Saint-Germain-des-Prés où Simens n'en finit pas de traîner en buvant des breuvages incertains qui ne sont jamais les mêmes et que, l'espace d'un soir, il répute « irremplaçables ».

Il lui reste assez de lucidité pour comprendre que s'il rentre à Paris, son « aventure piémontaise » s'évaporera comme buée sur un pare-brise. En arrivant place d'Italie, il n'en subsistera qu'un confus malaise pareil à ceux qu'on traite au café-citron les lendemains de gueule de bois. Oui, il sait très bien cela, Jérôme Deuilh, par-delà la confusion de ses pensées. Il lui suffit d'un sursaut d'énergie et demain il ne pensera plus au palais Rizzi ni à celles qui l'habitent. Il sera redevenu cet écrivain amoureux de son travail, habile et consciencieux, qui longe son destin tracé sans savoir qu'on peut lui fausser compagnie.

Mais au lieu de contourner le palais pour rentrer chez sa logeuse, il poursuit sa marche dans le dédale des venelles qui sentent la graineterie et le salpêtre. Il s'enfonce dans le vieux quartier que le temps défait plus rapidement que les hommes ne le réparent. Jérôme est moins brûlant de rage, mais davantage haineux. Lui qui a toujours ignoré ce sentiment blême, voilà qu'il se met à lui trouver bon goût. Parlerait-il tout seul ? Les passants le croisent d'un air surpris.

Il marche sur le visage énigmatique de la *zia* Conte, piétine son sourire qui ne sera jamais aimable parce qu'elle a des lèvres beaucoup trop minces pour exprimer toute forme de contentement sincère.

Deuilh finit par se retrouver Corsio Francia, à l'autre extrémité de la ville; complètement fourbu mais riche d'une amorce de délivrance qui ne doit rien à la perspective d'un retour à Paris.

Maintenant, il sait. Petit projet à la petite semaine, mais qui va l'aider à s'en sortir.

***

La patience est un état d'âme; elle peut se manifester parfois chez les êtres les plus fébriles. Deuilh, qui est un homme « en mouvement », se sent comme minéralisé dans la minuscule *trattoria* proche du palais Rizzi où il fait le guet depuis bientôt trois heures. Afin de se donner une contenance, il s'est muni d'un petit bloc de papier dont il noircit les pages avec des notes probablement inutilisables. Il boit, pour rendre sa présence naturelle. Il a découvert un vin noir et mousseux, doux et agréable, servi dans un flacon dont la forme lui plaît ; il lui fait songer aux sangrias d'Espagne. Il l'absorbe comme s'il s'agissait de limonade, mais à la seconde bouteille, une « barre » au front lui rappelle que le breuvage est alcoolisé. Il n'empêche qu'il la videra également sans perdre de vue l'entrée aux pierres creusées par l'usage.

Le cabaretier, un homme jeune et malingre, en tee-shirt décoré de l'Empire State Building, rôde autour de sa table, intrigué par la présence prolongée de cet étranger élégant qui écrit de façon intermittente, sans cesser de surveiller la rue. L'établissement sent la cave, car il est situé au-dessous du niveau de la chaussée dont trois marches le séparent. Le plafond est voûté et l'on aperçoit des corbeaux de pierre supportant des linteaux ouvragés. Un propriétaire sacrilège a fait peindre le tout d'une couleur d'excrément qui ne parvient pas complètement à camoufler ces chefs-d'œuvre.

Deuilh songe mélancoliquement aux œuvres d'art mutilées ou détruites par des vandales innocents, coupables de ne pas reconnaître le beau et, partant, de le massacrer par ignorance.

Comme il achève sa deuxième bouteille, son attention est sollicitée par l'arrivée d'une voiture qui stoppe devant le palais : une Lancia Bêta des années 70, vert bronze. Le vieillard défiguré qui lui a rapporté la montre en sort et gravit le bref perron.

Il ne sonne pas car il a la clé. Deuilh constate qu'il laisse la porte ouverte. Le vieil homme réapparaît presque aussitôt, portant deux valises. La *signora* Conte surgit à son tour, un sac de croco à la main, vêtue d'un imperméable léger de couleur claire. La servante rondouillarde l'escorte.

La *zia* prend place à l'arrière de la voiture pendant que le bonhomme loge les bagages dans le coffre avant d'aller se mettre au volant. La grosse femme au chignon leur adresse des signes jusqu'à ce que le véhicule ait tourné le coin de la rue.

Une bouffée d'enthousiasme le survolte. Il est étourdi par la promptitude du résultat. La perspective d'une attente prolongée armait sa patience. Il existe en lui un trop-plein d'énergie qui, inemployée, débande sa résignation. Son feu intérieur s'attise.

Il s'efforce de demeurer un moment encore dans l'estaminet pour que le mastroquet n'établisse pas de rapprochement entre son départ et celui de la *signora* Conte.

Une confiance délectable s'empare de lui. Il est soulagé comme l'homme longtemps égaré qui vient de retrouver sa route.

Quand le tenancier lui apporte la monnaie, il lui déclare que ses poutres sont très belles et lui conseille de les faire décaper. Mais son interlocuteur ne parle pas le français et se contente de sourire d'un air emprunté.

10

Il refait son parcours dangereux de la « funeste » nuit, sur la corniche. En plein jour, la chose devrait lui être plus facile ; au contraire, il est gêné par la lumière qui rend le vide de la cour terriblement présent.

La distance en est accrue, de même que la hauteur. Le soleil qui, aujourd'hui, inonde le haut du puits fait plonger son ombre déformée dans les louches profondeurs. Il ne peut pas ne pas la voir glisser devant lui, trébuchante, comme si elle s'abîmait la première dans le gouffre malodorant.

Il racle le mur de son épaule. Le danger met de la sueur à son front et gêne sa respiration.

Il atteint enfin la balustrade de pierre et s'empresse de l'enjamber. Le voici devant la fenêtre aux rideaux saumon moirés par l'humidité. Il s'immobilise, moins pour tendre l'oreille que pour laisser se calmer sa tachycardie passagère. Une faible mélodie lui parvient. Il n'est plus question de solo de mandoline mais d'un classique du jazz dont il a oublié le nom, dans lequel un saxo file des notes qui vous décrochent l'âme. Elle écoute de la musique après avoir réglé assez bas le niveau sonore, elle redoute, cette fois-ci, d'importuner le voisinage.

Il s'approche des vitres épaisses et opacifiées par la poussière, la suie, les intempéries. Il attend. Il veut signaler sa présence, mais une brusque honte le retient.

Il a quarante ans et se comporte comme il n'a jamais osé le faire adolescent!

Il finit par s'asseoir, le dos au vide, sur la balustrade de pierre, à l'ombre des arcades.

Après l'air de jazz, vient une chanson interprétée par un chœur russe. Le niveau sonore monte et les belles voix de basse font frémir les fenêtres dont le mastic s'effrite, bruit rageur de bourdons irrités. Cela lui rappelle les mirlitons qu'il confectionnait étant enfant avec le papier de soie enveloppant les oranges.

Brusquement, il sort de sa timidité et va tapoter au carreau. Il agit de propos délibéré, en homme décidé à en finir avec une situation ambiguë.

La musique s'interrompt. Il tambourine derechef. Au bout d'un moment, le rideau remue, une main l'écarte et un visage s'inscrit à la limite de la vitre. Il découvre un œil marqué de crainte. Il s'efforce de sourire de façon rassurante, suppliante aussi, à cette prunelle effarouchée. Il doit trouver quelque chose, tout de suite pour neutraliser dans l'instant la crainte qu'il a fait naître. Alors, stupidement, il joint les mains; mais cela ne suffirait pas si ses yeux ne s'emplissaient de larmes.

L'étoffe s'écarte un peu plus; il dispose de tout le regard de Giulietta. Elle le fixe avec surprise. Il ne bouge plus, demeure dans cette attitude de suppliant. Il n'est qu'imploration forcenée. Il sent deux larmes brûlantes creuser ses joues. Puis elles le quittent.

Soudain, Giulietta disparaît.

– Oh! non! balbutie-t-il.

Le rideau est retombé avec ses méchantes moirures. Mais le voilà parcouru d'un frémissement et il s'ouvre, par saccades. Jérôme découvre alors une pièce sévère dominée par un lit à baldaquin pompeux, peint en vert fané, rehaussé de motifs dorés. Les voilages encadrant la tête décorée d'un médaillon sont jaunis par le temps. Cette couche d'apparat a l'air d'un catafalque. Au cours d'un voyage en Indonésie, il a assisté à Bali à une crémation et conserve le souvenir de ce haut bûcher, surmonté d'un dais coloré sur lequel le défunt paraissait aplati. L'un des officiants arrosait cette couche funèbre d'essence qu'il pompait dans un baril rouillé. La foule s'approchait pour placer des offrandes autour du mort et cela avait un côté arbre de Noël irréel.

Il y avait là des denrées comestibles enrubannées, des présents enveloppés de papier brillant, des vêtements neufs, des bimbeloteries décoratives, tout un bazar fait pour les vivants et que le feu allait engloutir sans qu'il eût jamais servi. Pourquoi la scène ahurissante du bûcher se superpose-t-elle à cette chambre trop solennelle pour une adolescente ?

Il fait un pas dans la pièce, dérouté. Ce lieu est à ce point lugubre qu'il reste sans voix. Giulietta referme la fenêtre derrière lui. Elle paraît en meilleure santé qu'à l'hôpital; sans doute parce qu'elle est vêtue ? Il aime sa jupe longue imprimée, dans les tons bleus, qui lui descend presque aux chevilles, ainsi que la chemise trop ample, d'un blanc écru, qu'elle porte par-dessus. Elle est nu-pieds et semble avoir oublié ce détail qui doit correspondre à une habitude bien ancrée.

– Avant tout, fait Deuilh, je vous conjure de me pardonner cette espèce de violation de domicile mais il m'arrive depuis quelques jours une chose inexplicable dont je dois vous parler. Merci de m'avoir permis d'entrer; je crois que si vous m'aviez chassé une fois de plus j'aurais été malade de chagrin.

Elle avance dans l'immense pièce et il la suit. Il découvre une énorme cheminée de pierre dans laquelle le vent doit hurler fort les jours d'orage. Face à l'âtre on a composé un « coin de feu » avec deux fauteuils et un petit coffre ancien servant de table.

Au fond, se dresse une garde-robe gigantesque, marquetée, qui écraserait n'importe quelle chambre de moindres dimensions. Une table au lourd piétement, recouverte de marbre rose, s'appuie au mur, surchargée d'une foule d'objets hétéroclites, dont une sorte de cadre-chevalet tendu de soie. Deuilh se rappelle alors l'article du journal précisant que la blessée se livrait à la peinture sur tissu. Effectivement, le chevalet supporte une œuvre en cours d'exécution; elle représente la proue d'une gondole. Bien que le motif soit simplement esquissé, il est déjà très présent et prometteur.

– Vous avez du talent! dit-il.

Elle contemple son travail sans condescendance et finit par hausser les épaules.

– Asseyez-vous, propose l'adolescente.

Elle lui désigne l'un des fauteuils en faction devant les landiers. Avant d'y prendre place, Jérôme constate que les pieds en os de mouton du siège sont noircis par le feu tandis que sa tapisserie est profondément brûlée.

Elle a surpris son regard et sourit.

– C'est votre bombe qui a fait cela, murmure-t-elle.

11

Deuilh s'assied tel un homme harassé qui se demande comment il a pu marcher si longtemps sans s'effondrer. Jamais il n'a ressenti honte plus intense. Il fait un rejet de lui-même. Sa jeune hôtesse prend place en face de lui. Il est frappé par sa minceur juvénile. Sa poitrine est plus généreuse que ne le laisse prévoir une silhouette aussi menue. Deux seins fermes tendent l'étoffe de la chemise. Comme sa tante, elle a des reflets mauves dans ses prunelles sombres; certaines améthystes de Hongrie ont cette densité troublante. Le maigre visage possède néanmoins un ovale régulier qui corrige l'aspect souffreteux que pourrait lui donner sa finesse. Ce qui impressionne le plus chez cette adolescente, c'est sa totale gravité. On la dirait vieillie par le poids d'une expérience qui ne correspond pas à son âge.

Il crispe les mains sur les accoudoirs arrondis de son siège.

– Comment savez-vous ? demande-t-il d'une voix inerte, qu'il ne reconnaît pas.

Giulietta le dévisage froidement. Il existe en elle une impassibilité effrayante; à croire qu'elle est déshumanisée.

– J'ai compris à l'hôpital, quand vous êtes venu me voir.

– Pourquoi ?

Elle hoche la tête :

– C'était la seule explication à votre visite.

Il est stupéfié par cette perspicacité femelle; voudrait en savoir davantage, la questionner posément, longuement; seulement il a en face de lui ces yeux fixes et durs comme le quartz, dont l'indifférence lui donne envie de mourir. Il demande :

– Vous avez vécu en France?

– Je n'y suis jamais allée.

– Vous parlez le français sans accent.

– Grâce à une gouvernante qui m'a élevée; elle était de Lisieux. Il paraît qu'une sainte y est enterrée.

– Sainte Thérèse de l'Enfant Jésus?

– C'est cela. Elle voulait à toute force que je l'implore dans mes prières.

– Pour lui demander quoi?

– De m'épargner.

– Vous étiez en danger?

– Comme tous ceux qui vivent.

Deuilh ne supporte décidément plus le regard intense de l'adolescente. Son énergie est une source de chaleur qui l'incommode. Il s'accoude au bras de son fauteuil et pose la joue sur son poing.

– Il est temps que je vous dise la vérité à propos de mon crime.

Comme elle ne réagit pas devant l'excès du terme, il soupire, piteux :

– Car c'en est un.

Elle soulève sa longue jupe, découvrant la jambe blessée. Un fort pansement, maintenu par du sparadrap, part de la naissance du mollet jusqu'au genou, d'un blanc de céruse sur le badigeon de mercurochrome. Jérôme contemple son « œuvre » avec désespoir. Implacable, elle continue de remonter le vêtement avec une impudeur innocente. Mais il est trop bouleversé pour en concevoir le moindre trouble charnel. L'intérieur de la cuisse a été lésé cruellement et gratifié d'une compresse horizontale.

– On a craint pour l'artère fémorale, déclare Giulietta; il va subsister une cicatrice car l'entaille est profonde.

Et d'ajouter soudain, avec vivacité :

– Alors vous pensez : des fleurs...

Sa jupe retombe.

– Souhaitez-vous que j'aille me dénoncer à la police ? demande brusquement son visiteur.

Elle a une expression de surprise, comme si une telle idée lui semblait saugrenue.

– Pour quoi faire ?

– Cela pourrait vous soulager ?

Son haussement d'épaules est accablant pour Deuilh. Il contient une forme de bannissement insoutenable; une ironie proche du mépris.

– Vous me permettez de vous expliquer comment les choses se sont passées ? Croyez-moi : ce ne sont pas des excuses que je cherche, mais je veux que vous compreniez...

– Comprendre, dit-elle, cela ne répare pas.

– J'aimerais que vous sachiez à quoi correspond ce geste imbécile dont j'étais loin de soupçonner les conséquences.

Giulietta a un pauvre sourire :

– Votre confort moral ?

– N'est-il pas important de savoir que je n'ai pas voulu vous nuire ?

– Je le sais, et ça change quoi ?

Sa froide logique lui paraît cynique. Ne se venge-t-elle pas en le traitant de la sorte, en refoulant cette justification qui le soulagerait ?

– Je suis écrivain, s'obstine-t-il. C'est une profession difficile qui, souvent, vous perturbe le système nerveux. L'autre jour, vous jouiez. La cour fait caisse de résonance et j'avais du mal à écrire. Quel diable m'a poussé à vous faire ce que je croyais être seulement une mauvaise farce ?

Je viens de divorcer et traverse une période de haute turbulence affective...

– Vous partez en voyage avec des bombes ? coupe-t-elle sèchement, ce qui stoppe son plaidoyer.

Il hausse les épaules.

– Il n'y a pire sourd que celui qui refuse d'entendre, soupire Deuilh.

Il se sent happé par un lent envoûtement. Cette vaste chambre pour film médiéval habitée par l'adolescente meurtrie dégage une fascination. Giulietta a un parfum léger ; elle sent la glycine et l'herbe haute. Manifestement, il n'arrivera pas à l'amadouer. Jamais au cours de son existence il ne s'est senti pareillement refusé. Sa tête s'enfonce entre ses épaules, la déception lui provoque une fatigue physique.

Tout ce qu'il parvient à articuler, au bout d'un moment de prostration c'est :

– Il ne s'agissait pas d'une bombe mais d'une grenade d'exercice censée faire du bruit, uniquement.

Il se met à raconter, d'un ton chuchoteur, dans quelles circonstances cette chose bleuâtre est entrée en sa possession. Une sorte de gadget vénéneux. Tout homme conserve un complexe de garnement et le goût puéril du trophée. L'écoute-t-elle ? Jérôme l'ignore puisqu'il parle en tenant sa main devant ses yeux, comme pour se protéger du soleil. N'importe : il ressent déjà une promesse d'apaisement ; cela ressemble à l'incision décidée d'un membre gangrené. Un coup de lancette dans l'âme et il ira mieux.

Quand il a relaté par le menu l'affaire de la grenade bleue, il parle du désespoir qui est en lui. Son divorce n'a fait que donner une justification à une sorte de détresse qu'il charrie depuis l'enfance. Tout bambin, il lui arrivait de se cacher pour pleurer. Un été, alors qu'il n'avait pas huit ans, se trouvant en vacances à la campagne, il s'est mis à creuser un trou dans le verger, à l'abri des regards. Il lui a consacré plusieurs jours d'efforts avant d'obtenir une sorte de fosse dans laquelle il pouvait se coucher après l'avoir tapissée de cartons. Une ancienne porte de poulailler servait de trappe. Il a passé des heures dans cette cavité presque noire, s'abandonnant à des sensations confuses allant du sentiment de sécurité à la griserie du néant. Quelques jours plus tard, un violent orage a détruit son ouvrage. Sa tanière s'est diluée dans la boue, et l'apprenti mort est redevenu un petit garçon en mal d'existence.

Puis il lui raconte l'amour. Ce qu'il en attendait et ce qu'il en a obtenu. Son trouble en présence des filles; ce besoin impétueux qui le taraudait de les serrer fort contre lui pour capter un peu de leur énergie. Il lui dit ses premières étreintes, gauches et si ardentes. Lui parle de ce qu'il a pris pour de la passion, mais qui n'était qu'un vague à l'âme exacerbé. Raconte ses liaisons plus ou moins passagères qui ne faisaient qu'attiser sa soif « d'autre chose ». Son parcours amoureux, de faillite en faillite; ses peurs dissimulées sous trop de suffisance. Rodomontades des faibles masquant leur couardise sous des airs dégagés. Une vie d'amour brimbalante, soutenue par sa sexualité.

Il chuchote, au gré de la pensée et des souvenirs.

Le regard toujours abîmé dans le creux de sa main, il parle, parle. Et c'est la première fois que faire des confidences le soulage vraiment.

Jérôme en arrive à la terrible nuit de « l'attentat »; maintenant qu'il l'a dédramatisée, il a le champ libre pour dévoiler à sa jeune confidente la violence du sentiment qu'elle lui inspire. Elle est née dans l'explosion qui l'a meurtrie. Quand il s'est trouvé nez à nez avec la photo du journal, son destin a brusquement et radicalement changé. Instantanément, son existence venait de prendre un sens.

Lui qui pensait impossible de pouvoir traduire l'inexprimable, voilà qu'il trouve les mots salvateurs. Miracle, il sait! Son destin l'a guidé jusqu'à cette ville piémontaise qu'il ignorait. Pourquoi la grenade d'exercice, qu'il avait oubliée le jour même où on la lui avait donnée, pourquoi lui est-elle arrivée entre les doigts, sinistre invitation à quelque malveillance ? Il lit dans cet étrange agencement de hasards et d'indécisions une volonté mystérieuse qu'il n'ose prétendre divine.

Tout est clair pour lui et en lui. C'est Giulietta qu'il cherche depuis l'aube. A elle qu'il rêvait dans le trou du verger. Vers elle qu'il a avancé après maints détours et faux pas. Alors, les choses sont terriblement nettes : ce sera l'amour ou la mort.

Il laisse tomber son bras. Ses yeux qu'il comprimait lui font mal et ne lui proposent qu'une vision brouillée. Giulietta semble flotter dans un halo. Puis sa vue redevient normale et la revoici, chétive et sublime, ennoblie dirait-on par les souffrances qu'elle vient d'endurer et qui, sûrement, n'ont pas complètement disparu.

– Je suis littéralement habité par vous, déclare-t-il !

Elle lui accorde un sourire qu'il juge indulgent. Il a devant lui une petite fille innocente et grave, intelligente et froide, perspicace au point d'intimider ses interlocuteurs. Sont-ce les chagrins qui l'ont précocement mûrie et plongée dans une déréliction qui lui paraît irréversible ?

– Je ferais n'importe quoi pour vous rendre heureuse, murmure Deuilh.

Il avance une main peureuse sur la sienne.

– Il doit bien y avoir une possibilité de dialogue ? fait-il, anxieux. Je sais que je vous ai fait du mal; sachez que je suis prêt à consacrer le reste de mes jours à tenter de le réparer.

Elle dégage doucement son poignet, comme si le contact de cet homme lui était insupportable. La pensée qu'il puisse provoquer une quelconque répulsion à Giulietta le précipite dans un désespoir douloureux.

– Comprenez, par pitié : je ne vous demande rien et suis

prêt à tout vous donner. Ne me chassez plus. Vous n'êtes pas un être glacé : vous voyez ma détresse, elle a bien des accents que vous entendez !

Il la contemple avec une telle intensité qu'il craint de lui paraître déséquilibré. D'ailleurs ne se comporte-t-il pas comme un dément avec elle ? Lance-t-on des grenades sur les joueurs de mandoline inexpérimentés ? Jette-t-on des montres en or à la rue ? Déclare-t-on à une adolescente inconnue qu'on l'aime à en mourir et qu'on va lui vouer le reste de son existence ?

Deuilh se sent trahi par sa sincérité. Il manque de la plus élémentaire diplomatie. Il effraie par ses actes et ses paroles « spontanés ». L'humanité n'a pas laissé de place à l'extravagance des sentiments, à peine à celle des gestes.

Le moment est venu de se retirer. Il sent qu'un enlisement s'opère qui lui est néfaste. Elle n'est plus apte à le suivre dans ce qui lui apparaît probablement comme des divagations.

Il faut coûte que coûte « assainir » l'image qu'il donne de lui.

Son père lui répète toujours : « Méfie-toi des gens qui en font trop ! »

– Écoutez, Giulietta, je dois vous quitter, peut-être ai-je trop parlé pour être compris ? Je ne veux pas que ma conduite passe pour un égarement. Seul le temps peut vous rassurer sur ce point.

Comme il dit ces mots en s'efforçant de refréner le pathétique qui est en lui, la porte s'ouvre et la servante du palais Rizzi survient, portant un plateau chargé de vieille porcelaine.

Elle est saisie en découvrant le visiteur qu'elle n'a pas vu entrer. Pas un instant son médiocre cerveau ne lui permet d'envisager la manière dont le *signore* a pénétré dans la chambre. Giulietta se fait volubile. La boulotte acquiesce. Elle s'approche, souriante, et salue Jérôme. C'est le genre d'ancillaire familière qui se mêle à la conversation des maîtres sans y être conviée et sans que cela choque.

– Je lui ai dit que je vous ai rencontré dans la rue en allant acheter des couleurs et que je vous ai prié de venir voir ma peinture.

– Elle va parler de ma visite à votre tante ?

– Elle, peut-être pas, mais moi, oui.

– Pourquoi ?

– Parce que je n'ai pas de secrets pour *zia* Caterina.

– Elle réagira de quelle façon ?

– Je l'ignore.

– Vous savez qu'elle m'a congédié assez froidement ?

– Elle me l'a dit.

– Donc, vous ne voulez plus me revoir ?

Pour la première fois, elle le considère différemment, c'est-à-dire avec des yeux moins impitoyables. Il croit même déceler une lueur d'intérêt, un sentiment en tout cas qui n'est plus hostile.

– Je ne sais pas.

– Merci ! fait-il avec élan. Vous m'auriez répondu non, je ne vois pas comment j'aurais pu achever cette journée.

Il se lève en se demandant de quelle manière prendre congé d'elle. Une poignée de main lui semble dérisoire. Il suffit de lui dire l'inexprimable avec les yeux.

– A quand ? murmure-t-il.

– Je ne sais pas.

Il a un acquiescement misérable et marche vers la porte. La servante suit en trottinant.

12

Lorsqu'il rentre chez la veuve De Renzis, contrairement à son habitude, la femme se précipite sur lui au lieu de rester tapie dans sa toile à le guetter.

Quelque chose dans son attitude, dans son apparence, le surprend : son horrible chat blanc agonisant a quitté ses épaules; de plus elle n'est pas habillée de noir mais de mauve; enfin elle s'est poudrée de rose grisâtre, pour cacher son eczéma, ce qui lui fait un visage de figurine japonaise. Son regard est empreint de vivacité et, pour la première fois depuis qu'il la connaît, il lui trouve l'air joyeux.

– *Signor* Deuilh (elle prononce Douille), dînez-vous en ville, ce soir ?

La question le déconcerte : elle est si éloignée de ses pensées !

– Je ne sais, oui, probablement.

Et justement, il découvre qu'il n'a pas faim. Les nourritures ne préoccupent que les gens disponibles, or Jérôme est totalement mobilisé par la passion.

Sa logeuse s'illumine :

– Non, non, non, fait-elle, mutine, donc grotesque, vous allez manger avec moi car c'est aujourd'hui mon anniversaire ! Je vais vous faire la *polenta con uccellette.*

Elle exulte.

« Cette vieille chouette est amoureuse de moi », songe-t-il. Voilà qu'il a pitié d'elle parce qu'il la comprend.

– Très volontiers, *signora.*

Une expression heureuse calme ce visage flétri et généralement revêche.

– A quelle heure me voulez-vous ? demande-t-il.

– Eh bien, à huit heures.

– Avec plaisir.

Elle relâche son air de contentement pour déclarer :

– J'étais inquiète, cet après-midi : je frappais à votre porte et vous ne répondiez pas, cependant, je ne vous avais pas entendu sortir.

Cette déclaration est l'aveu de la surveillance qu'elle exerce sur son locataire.

Il a un sourire qui rassure la vieille dame :

– Je suis ravi de savoir que ma présence ne vous importune pas, madame De Renzis.

Il ressort afin d'aller commander des fleurs à l'intention de son hôtesse. Une fois chez le fleuriste, après avoir choisi deux douzaines de roses écarlates, il fait l'emplette d'une énorme corbeille composée dans des tons qui rappellent la présentation que Giulietta a fait choir de sa table de chevet quand elle se trouvait à l'hôpital. Il n'y joint aucun mot : elle saura.

***

Il mange sans appétit les croustillants de polenta dorée, en s'efforçant de suivre sa conversation. Elle sait qu'il est écrivain et prépare un ouvrage sur l'art fasciste. Elle tente de le détourner de ce projet. Le Duce et sa légende ont disparu. Au plan architectural il n'aura laissé qu'un « colossal » style sans grâce, inspiré de la Rome antique, et dont le Piémont qui lui fut hostile garde peu le souvenir. Il ne subsiste pas dix bâtiments dans Cuneo pour raconter la gloire clinquante de ce régime en voie d'oubli.

Il acquiesce, distrait. Sa pensée est restée de l'autre côté de la cour déglinguée. Il est farouchement avec Giulietta, passant et repassant inlassablement sur l'écran du souvenir son petit visage pathétique de fille meurtrie. Il restera toujours en elle quelque chose d'orphelin. A trop l'évoquer, des larmes lui mouillent les yeux, qu'il tente désespérément de contenir.

Il évoque la jupe qu'elle remontait pour découvrir ses blessures. Sur l'instant, les cuisses de l'adolescente n'ont éveillé en lui aucun désir ; c'est maintenant, à la table de la vieille, qu'il se sent gagné par une excitation capiteuse. Jérôme rêve d'être allongé à son côté sous le grand ciel de lit de sa chambre. Il voudrait sentir son souffle sur son visage, garder une main posée sur sa taille si mince et laisser couler la nuit, couler la vie.

Le silence de la *signora* De Renzis, ses yeux fixes, lui font mesurer, soudain, son manque de civilité.

Il s'efforce de réagir ; sourit.

– Quelque chose ne va pas, *signor* Deuilh ?

– Pardonnez-moi, dit-il, un écrivain est un homme sans cesse mobilisé par des idées inopportunes.

C'est alors qu'un bruit qu'il n'a encore jamais entendu chez la veuve retentit : une sonnerie de téléphone.

Il ignorait qu'il fût installé dans l'appartement. Elle doit disposer d'un poste unique et le réserver à sa chambre. Elle a l'air aussi troublée que lui et se lève en maugréant.

Deuilh attend son retour en pétrissant nerveusement une boulette de pain. Des odeurs de fricot s'échappent de la cuisine dont la porte reste ouverte. Cela sent le parmesan frit et l'huile d'olive. Il a l'estomac barbouillé par la richesse des nourritures servies.

Elle réapparaît, tragique. Son visage n'est plus que réprobation et courroux.

– On vous demande ! fait-elle d'un ton fielleux.

Deuilh est incrédule.

– Moi ? Vous êtes sûre ?

Elle a un dur acquiescement de mégère.

– Vous permettez ? bredouille-t-il.

Elle le guide à sa chambre. La première image qui le frappe, c'est le chat blanc sur l'oreiller. L'animal le considère d'un œil vert, cloaqueux, aussi hostile que celui de sa maîtresse. Une branchette de buis trempe dans une tasse contenant probablement de l'eau bénite. Au-dessus, dans un cadre de bois noir, la photographie d'un homme sévère le toise sans aménité. Jérôme avise un très ancien combiné téléphonique, raide et chromé, posé sur l'édredon. Il s'en empare. Alors c'est le miracle. La voix de Giulietta le pénètre, douce et musicale.

– Je ne vous dérange pas ?

– Comment pouvez-vous me poser une telle question ?

– C'est à cause de la vieille, j'ai longuement hésité...

– Vous avez eu tort.

– Merci pour les fleurs.

Il ne trouve rien à répondre. Les fleurs ? Elles ont rempli leur mission, semble-t-il.

Après un silence, elle murmure :

– J'ai beaucoup réfléchi, depuis votre visite.

Il ne dit pas que « lui aussi ». Il attend. C'est un instant arachnéen, quelque chose qui peut s'effriter et cesser d'être sans qu'on ait à le décider.

– Vous voulez venir me voir ? fait-elle.

– Quand ?

– Tout de suite ?

O Seigneur, que le bonheur est donc douloureux à subir lorsqu'il a cette intensité...

– Mais naturellement ! gémit Deuilh. Quel chemin dois-je emprunter ?

– Peu importe.

Elle raccroche. Il reste pétrifié par la stupeur flamboyante qui vient de le frapper. Un rire nerveux le secoue. Il rit de tout son corps, avec voracité, il rit comme hurle un loup. Rit de soulagement. Rit de triomphe.

Terrifiée, la logeuse recule; sans doute le juge-t-elle saisi d'une crise de démence.

Il voudrait réagir, parler, s'excuser, mais ses nerfs l'emportent sur les convenances. Il continue de rire en la montrant du doigt. Il rit de sa pauvre gueule fardée, de son air ahuri, de son dentier qui se déglingue.

Elle recule davantage.

– Allez-vous-en! fait-elle. Allez-vous-en! Je ne vous veux plus chez moi! Vous m'entendez? Vous me faites peur! Partez tout de suite ou j'appelle!

Alors il se calme, mais une forte agitation le secoue encore qui lui donne des tics.

Il regagne la salle à manger où la nourriture se fige dans les assiettes.

– Partez! siffle-t-elle.

Deuilh lui tire un bras d'honneur. Cette impertinence met le comble à la fureur de la *signora* qui continue de vitupérer, en italien. Jérôme est happé par un tourbillon de rage indicible. S'il ne parvient plus à se contrôler, il va la frapper. Il voudrait l'écraser de son talon telle une bête malfaisante.

Elle retrouve son français pour lâcher :

– C'est une des putains d'en face qui vous a appelé, hein? La jeune? J'ai reconnu sa voix!

Il la menace de son poing levé.

Elle glapit :

– *Aiuto! Aiuto*[1]!

La peur rend sa voix si aiguë, son air terrorisé lui semble si grotesque qu'il est brusquement désarmé.

– Vieillarde puante! fait-il, vous sentez la mort!

Il passe dans sa chambre. Elle le suit à distance. Avec

1. Au secours!

ahurissement, elle le voit enjamber la fenêtre et se déplacer sur la corniche. Elle se précipite en réalisant ce qu'il fait.

– Allez retrouver ces chiennes! lui lance la *signora* De Renzis. Elles sont pourries et vous donneront la vérole et ce sera bien fait!

Il marche rapidement sur la saillie de pierre, insensible au vertige. Les imprécations de sa logeuse le laissent indifférent, comme s'il s'agissait des aboiements d'un chien. Il glisse à enjambées longues et coulées de patineur. En quelques instants, il se trouve devant la balustrade du palais Rizzi et l'escalade d'un souple élan. Il y a de la lumière au-delà du rideau saumon. Il frappe à la vitre. On l'attendait car l'étoffe s'écarte pour permettre à la porte de s'ouvrir. De l'autre côté de la sombre cour malodorante, la veuve continue ses invectives. Elle voudrait l'injurier en français, mais sa colère trop impétueuse ne supporte aucune traduction.

Deuilh se retourne et lui envoie un baiser avant de s'engouffrer dans la chambre.

13

Elle est allongée sur le lit à baldaquin, tout habillée, les mains jointes contre son pubis; elle ressemble à ces gisants de marbre qui ornent le couvercle des sépulcres; ses pieds nus, dont l'extrémité est abaissée, confirment l'impression. Sa tête semble enfoncée dans les plis du gros oreiller d'où émerge le fin visage de l'adolescente. Elle le contemple de ses yeux mauves qui ont perdu leur dureté. Détendue, elle n'est plus qu'attente et douceur. Jérôme est assis en tailleur au pied de la couche pompeuse. La moulure de bois qui borde le lourd panneau meurtrit son dos, mais il ne fait pas un mouvement pour la fuir car il endure ce désagrément *pour elle.*

Elle murmure :

– C'est la deuxième fois que je reçois des fleurs.

Sa corbeille trône sur le meuble bas placé devant l'âtre, dégageant un parfum de jardin mouillé.

– C'était quand, la première ? demande-t-il.

– L'autre jour, à l'hôpital.

– Les miennes ?

– Oui.

– Pour quelle raison les avez-vous jetées au sol ?

– Vous me faisiez peur.

– Parce que vous aviez compris ?

– J'ai cru que vous étiez fou et que vous aviez décidé de vous en prendre à moi.

Au lieu de protester, il réfléchit.

– Je vois, murmure-t-il, au bout de sa courte méditation; je vous effrayais tellement?

– Terriblement.

– Et cet après-midi encore?

– Oui.

– Pourquoi ce brusque revirement?

– Il n'a pas été brusque. Après votre départ, j'ai repensé à tout ce que vous veniez de me dire et j'ai réalisé que vous étiez un homme en peine, un être terriblement meurtri qui tentait désespérément de se ressaisir. Vos secondes fleurs sont arrivées. En les contemplant, en les respirant, j'ai senti s'envoler mes craintes; j'ai éprouvé le besoin de vous revoir. Moi aussi je suis quelqu'un de seul.

Il risque une main jusqu'aux pieds nus de Giulietta, se met à les caresser doucement. Il perçoit un frémissement sous la peau. Une onde de plaisir, peut-être?

C'est un instant enchanté. Ne l'a-t-il pas toujours attendu plus ou moins? Il existe dans chaque être de secrètes aspirations dont il n'est pas fatalement conscient.

– Vous avez fait part à votre tante de vos doutes me concernant?

– Non, mais je suis convaincue qu'elle les partage.

– Elle ne vous a rien dit?

– Nous parlons assez peu.

– Pourquoi ce manque de communication? C'est elle qui vous a élevée...

Elle secoue la tête.

– Avant la mort de mes parents je ne l'avais rencontrée que deux ou trois fois. J'étais alors âgée d'une douzaine d'années. Pour commencer, c'est mon oncle Oreste, de Venise, frère aîné de la famille, qui m'a recueillie; mais son épouse est une femme malade, au caractère difficile, qui très rapidement, n'a plus voulu de moi sous leur toit. Alors la *zia* Caterina s'est chargée de la pauvre orpheline.

Il devine son amertume, sa détresse. Giulietta est une fille à l'enfance ruinée, repliée sur elle-même ; une désenchantée qui doit se raccrocher à sa peinture et se complaire dans la solitude de la vaste chambre rébarbative. Que peut-elle espérer en ce palais délabré ? Dans un autre pays, la demeure porterait un nom moins pompeux. En France, il n'est de palais que ceux du Louvre et de Versailles, tandis qu'en Italie ils foisonnent.

Sa main s'attarde voluptueusement sur les pieds menus ; avec combien de femmes a-t-il vécu un moment semblable ? Il aimait prendre du recul et se tenir en tailleur au pied du lit pour contempler « l'élue du moment » avant de reprendre ses caresses.

Il demande, soudain :

– Je peux vous dire ce qui me passe par l'esprit ?

Elle acquiesce.

– Vous parler sans retenue, sans pudeur ?

– Bien sûr.

Il se penche en avant jusqu'à saisir son gros orteil avec sa bouche, le suce délicatement tandis que ses doigts passent avec lenteur sur le mollet de la jambe intacte. Son manège dure. Elle ne bouge pas. Se peut-il que l'adolescente accepte cet attouchement après lui avoir montré naguère un aussi grand dédain ?

Quand il se redresse, il voit qu'elle est très pâle.

– Je veux me faire connaître de vous, tout vous livrer de moi pour éviter les temps morts. Lorsque vous saurez parfaitement ce que je suis et si vous m'acceptez, je vous emmènerai :

– Où ça ? murmura-t-elle.

– Ailleurs, n'importe où... Paris, si vous voulez. Ou bien New York. Madère, les Seychelles, la Laponie. Je vous proposerai le monde entier, ce n'est pas grand-chose mais je n'ai rien de mieux à vous offrir.

Il lit dans le regard mauve un contentement émerveillé. Deuilh pourrait la prendre dans ses bras et l'embrasser éperdument. Oui : il pourrait, seulement il s'y refuse, lui qui a toujours traité l'amour au pas de charge, ayant pour unique objectif de séduire et de « concrétiser ».

Peureusement, il balbutie :

– Que pensez-vous de cette proposition ?

Et puis, son allégresse est brutalement anéantie par une pensée malveillante.

– Je suis trop vieux ? J'ai trente-neuf ans. Par rapport au vôtre, c'est un âge canonique.

La porte de la chambre s'ouvre brusquement et Caterina Conte surgit. Depuis l'entrée, elle les voit sur le lit. Son visage reste impénétrable. Elle s'avance d'une démarche de souveraine, lente et tranquille. Deuilh déploie ses jambes pour pouvoir se lever. Elle attend qu'il soit à la verticale avant de lui adresser la parole. Son visage n'exprime aucune réprobation. Sa maîtrise absolue paralyse l'amoureux transi.

– Vous êtes un homme obstiné, remarque-t-elle. Je crois me rappeler une expression française qui dit que « lorsqu'on vous chasse par la porte, vous rentrez par la fenêtre ? »

– Nous en avons également une pour prétendre que la persévérance est toujours récompensée.

Mais c'est le type de femme qui déteste qu'on lui tienne tête. Elle va à la corbeille, la prend par son anse et la porte sur le balcon.

– Il est mauvais de dormir avec des fleurs, dit-elle en revenant, sait-on cela en France ?

– Nous trouvons encore des grand-mères pour le penser.

Ses mâchoires se crispent, ses yeux ont un rapide flamboiement de colère.

– Monsieur, dit-elle vous devriez vous en aller avant

que j'appelle la police pour lui faire part de certains doutes qui m'occupent l'esprit depuis votre dernière visite.

Elle montre la fenêtre.

– Repartez par le même chemin, puisqu'il vous est familier.

– Je le prendrais volontiers si mes relations avec la *signora* De Renzis ne s'étaient détériorées ; son domicile m'est désormais interdit, si bien que je vais devoir ressortir d'ici par la porte.

– Ce n'est pas grave, l'essentiel étant que vous ne reveniez plus.

Giulietta qui ne s'est pas manifestée jusque-là saute du lit et s'approche de sa tante.

– Je peux te parler ?

– Tant que tu voudras lorsque monsieur sera parti.

– Non : tout de suite !

Elle fixe sa tante sans faiblir ; Caterina Conte semble déconcertée par la détermination de sa nièce qui ne l'a pas habituée à tant de fermeté. Elle hésite, un certain relâchement se fait sur ce visage implacable.

– Je t'écoute !

L'adolescente se met à lui parler en italien. Elle s'exprime d'un ton calme et catégorique. Deuilh s'est discrètement éloigné. Il est devant la porte vitrée que la *zia* Caterina a laissée entrouverte. La demi-fenêtre à meneaux d'en face est close, sans éclairage ; mais il distingue la tache claire d'un visage à travers le verre cathédrale. La logeuse continue de surveiller le palais Rizzi pour alimenter sa rage. Il pourrait lui adresser à nouveau des gestes impertinents, seulement il a perdu toute animosité à son endroit.

Les tempes de Jérôme Deuilh battent comme naguère quand il souffrait de son angine.

La chose lui arrive de plus en plus souvent, même quand il n'a pas de fièvre. Peut-être est-il hypertendu ? Cela se déclenche plusieurs fois par jour, sans signes préalables. Il a déjà ressenti de tels symptômes avant d'arriver en Italie. Il appuyait fortement sur ses yeux, du pouce et de l'index, pour calmer la douleur.

– Monsieur !

Il se retourne. La *zia* Conte lui présente maintenant un visage détendu ; pas encore aimable, mais en tout cas tolérant. Ce revirement le déconcerte. Qu'a pu lui dire sa nièce pour obtenir un aussi rapide changement ?

– Madame ?

– Il semblerait que ma nièce entende poursuivre vos nouvelles relations...

Elle tient à son français châtié, signe de sa bonne éducation.

– Je ne voudrais pas que vous en preniez ombrage, assure-t-il avec l'impression de flagorner.

La signora Conte n'est pas dupe de sa civilité. Ses lèvres, dont le rouge ne fait que souligner la minceur, accouchent d'une moue sans joie.

– Bien qu'elle ne soit pas légalement majeure, elle est libre de fréquenter qui bon lui semble.

Une cinglante humiliation le fait blêmir. Il hait cette femme avec tant de violence mal contenue qu'il ne pourra supporter longtemps encore son regard méprisant.

– Il faut absolument que je vous parle en particulier, décide-t-il d'une voix pâle.

Elle hésite, puis, avec brusquerie :

– Suivez-moi !

Il a un regard d'amour pour Giulietta avant de sortir. La nièce de la *signora* Conte lui sourit avec confiance.

La porte franchie, il débouche dans un large couloir mal éclairé, pavé de tommettes branlantes. Des meubles anciens, en bois sombre, s'y succèdent, comme dans l'entrepôt d'un antiquaire spécialiste de la Renaissance italienne. Le plâtre des murs est rongé par une lèpre humide et s'en va, en larges plaques. Des tableaux au lourd académisme, encadrés de bois noir, s'obscurcissent comme ces toiles décorant des estaminets flamands.

La *zia* Conte se déplace rapidement. En la voyant marcher de ce pas déterminé, il pense à quelque infirmière-chef suroccupée. Elle ouvre une porte située de l'autre côté du couloir, s'efface pour le faire entrer.

Il pénètre dans une pièce moins vaste que la chambre de Giulietta, décorée et meublée avec élégance. Les couleurs des murs et des rideaux jouent dans les vieux rose et pêche; l'agencement est d'un modernisme plein de charme. L'ensemble fait très classe. Le lit bas, à la tête capitonnée, contre laquelle s'appuient une quantité de petits oreillers, contraste avec la couche de sa nièce. Les luminaires, comme le reste, ont été choisis avec soin. C'est plein d'ombres vaporeuses, de clairs-obscurs troublants. Un parfum de musc et de ronces imprègne l'atmosphère. L'endroit a été conçu pour la volupté. Chambre de cocotte raffinée qui aurait du goût.

Deuilh reste indécis. Il cherche sur les murs quelques tableaux ou gravures licencieuses, s'étonne de n'en pas trouver.

Elle lui désigne un fauteuil tendu de soie blonde.

Jérôme y prend place avec crainte.

La tante qui est demeurée près de la porte pousse la targette de laiton d'un air déterminé.

La *signora* Conte ôte ses chaussures sans se courber, un pied aidant l'autre, s'en débarrasse en les propulsant sur le tapis. Ses mains partent dans son dos et sa jupe ne tarde pas à choir à ses pieds. Elle reste au centre du vêtement défait tandis que, posément, elle dégrafe son corsage. Elle porte des bas fumés tenus par un porte-jarretelles semé de broderies délicates. Son slip est rose très pâle, bordé de fine dentelle noire. Quand le chemisier est déboutonné, elle a un double mouvement des épaules qui l'envoie rejoindre la jupe. Ensuite, elle enjambe le tout avec une nonchalance qui n'est pas sans grâce.

– Je crois que vous en mouriez d'envie ? chuchote-t-elle.

Son ton feutré, plus encore que sa tenue légère, enflamme le Français. Son mal de tête devient insoutenable. Il ressent des lancées fulgurantes dans le cerveau.

La *signora* Conte s'approche encore et vient s'asseoir sur ses genoux. Son sexe est un brasier qui le chevauche. Il sent la pression de ses cuisses contre ses jambes, celle de ses seins sur sa poitrine. Elle ouvre la bouche aux lèvres étroites et capture la sienne. Son souffle chaud pénètre en lui. Ses mains expertes vont débusquer son sexe déjà raide et l'arrachent de ses braies en le meurtrissant. Il pousse une plainte faite à la fois de douleur et de plaisir. Jamais il n'a été la proie d'un corps à ce point lascif. Il ferme les yeux. Ses mains pétrissent la chair toujours ferme de la *zia* Caterina. Sa pensée tente de se fixer sur l'image de l'adolescente qui attend, à quelques pas de là. Il devrait se dégager de cette étreinte folle mais il s'y soumet avec une bienheureuse résignation.

14

La *zia* Caterina quitte la salle de bains, nue dans un déshabillé de soie ocre. Elle a un penchant pour les teintes saumonées, pêche, corail. Elle ramasse ses vêtements que l'impatience lui a fait jeter à la diable à travers la chambre. Les ayant regroupés, elle les dépose en vrac sur une chaise basse avant de s'approcher de Jérôme, dolent sur le bord du lit.

– Vous êtes un excellent amant, le complimente-t-elle, je pensais que la bonne réputation des Français était faite par eux-mêmes; j'ai pu constater qu'elle n'est pas usurpée.

Il la considère d'un œil incertain. Rarement étreinte ne lui parut aussi violente et, partant, exténuante.

– Vous m'avez positivement violé, fait Deuilh d'un ton amer.

– Le regrettez-vous ?

Il ne dit rien, mais la réponse est « oui ». C'est l'animal qui a cédé aux manigances de cette femme. L'infini du caniche dont parle Céline.

– Vous vouliez me parler ? questionne-t-elle avec une fausse innocence de garce chevronnée.

– Ce n'est plus la peine à présent.

– Pourquoi ?

– Je suppose que vous allez raconter à Giulietta ce qui vient de se passer ? C'était effectivement la façon la plus radicale de tuer dans l'œuf nos relations. Vous êtes une femme terrible, madame Conte.

– Vous pouvez m'appeler Caterina.

Il ne peut s'empêcher de l'admirer. Campée dans sa robe de chambre, les deux mains engagées dans les poches, elle domine la situation avec une tranquillité suprême. Deuilh se demande si elle jouit de sa diabolique manœuvre ou s'il s'agit là d'une simple mesure de « désamorçage » sans grande importance.

– Je vous laisse utiliser la salle de bains, dit-elle.

Elle s'en va en fredonnant. Jérôme Deuilh use de la permission qui vient de lui être accordée et pénètre dans le cabinet de toilette. L'endroit est aussi luxueux que la chambre et déborde de flacons de prix. Il est évident que la dame apprécie le raffinement.

Quand il en ressort, il trouve Giulietta et sa tante dans la chambre, qui l'attendent. La jeune fille est également en vêtements de nuit. Il la regarde avec gêne mais, à sa profonde stupeur, elle ne lui marque aucune réprobation, non plus que le moindre embarras.

– Monsieur Deuilh est un partenaire très fougueux, dont j'ai apprécié la sensualité, déclare Caterina.

– Je vous en prie ! s'emporte-t-il.

– Eh quoi ! proteste la dame, les bons amants ne sont pas si fréquents ! Lorsqu'on en déniche un il est bien de le signaler.

Puis, changeant de sujet et de ton :

– Si vous avez rompu vos relations avec la sorcière d'en face, vous voici donc sans toit. Je vous proposerais bien de partager le nôtre, mais ce ne serait pas correct. Et d'ailleurs, les amants sont faits pour rendre visite, sinon ils cessent de l'être pour devenir des concubins.

Elle presse un timbre à la tête du lit.

– Je vais vous faire conduire par Gastone. Je vous conseille de descendre à l'*Hôtel Principe*, Piazza Galimberti, c'est le meilleur de la ville. Où sont vos bagages ?

– Chez la *signora* De Renzis.

– Notre factotum ira les chercher demain matin et vous les portera. Comme elle le connaît, il est probable qu'elle lui interdira sa porte, il la menacera de la police et cette affreuse gorgone ne pourra faire autrement que de les lui remettre.

On frappe à la porte et l'horrible vieillard à la gorge trouée paraît. Pendant que la maîtresse femme lui donne ses instructions, Deuilh prend l'adolescente à l'écart et murmure :

– Votre tante est un monstre.

– Je sais, dit-elle.

– Vous devez me croire : je suis fou de vous, Giulietta.

Elle marque un léger acquiescement qui l'emplit de soulagement.

– Je vais vous arracher d'ici; vous le voulez; n'est-ce pas ?

Nouveau hochement de tête de la jeune fille. Il prend sa main pendante et la porte à sa joue râpeuse dans un élan de câlinerie. La *zia* Caterina surprend son geste et sourit avec indulgence.

– Bel-Ami, dit-elle.

Car elle a lu Maupassant.

15

Une sonnerie le réveille. Sur le moment il ne sait plus où il se trouve. Il occupe une chambre confortable mais aux dimensions modestes. Le jour passe à travers les rideaux qu'il a mal tirés. Il donne davantage de lumière pour pouvoir trouver le téléphone. Le directeur de l'*Hôtel Principe* lui souhaite le bonjour et lui apprend qu'on amène ses bagages. Il demande qu'on les lui monte et commande son petit déjeuner. Tout cela est bref, sans véritable but. Jérôme a la sensation confuse et morose d'attendre un train ou un avion en ignorant où il sera emmené.

Comme il ne disposait pas de ses effets de nuit, il a dormi en slip et maillot de corps. C'est dans cet appareil qu'il va ouvrir au valet de la *zia* Conte. Le bonhomme apporte ses deux valises et son attaché-case. A la clarté diffuse du couloir, il paraît à Deuilh plus effroyable que les fois précédentes. Ses cicatrices sont d'un rose de framboises mûres alors que ses verrues fibreuses se couronnent de blanc. Dans la pénombre, il semble avoir les yeux crevés, tant ils ont une apparence blanchâtre.

Jérôme s'efface pour le laisser entrer.

– Cela a été difficile ? demande-t-il.

Mais le vieillard ne comprend pas le français; le comprendrait-il qu'il ne pourrait répondre autrement que par gestes.

Jérôme va prendre un billet de dix mille lires dans sa veste et le donne au valet.

– Pour votre dérangement, *signor* Gastone.

L'autre s'empare de la coupure et part sans tenter d'exprimer le moindre remerciement. Un instant plus tard, il frappe de nouveau à la porte. Il tient une lettre quelque peu froissée qu'il présente à Jérôme en proférant des onomatopées que ses familiers traduisent sans doute mais qui ne signifient rien pour l'écrivain.

Le pli est une invitation à dîner que lui lance la *zia* Conte pour le soir même. Dérouté mais ravi, Deuilh répond par une mimique d'acquiescement à l'attente du domestique.

Une fois ce dernier parti, il ouvre en grand ses rideaux. Une lumière cendrée, oblique, restitue à la pièce son véritable aspect. Changement radical par rapport au logis compassé de la femme au chat. A l'*Hôtel Principe*, tout est clarté : les murs, les meubles et les tissus. Il y flotte une ambiance de vacances. Ses fenêtres donnent sur une voie tranquille. En s'y penchant un peu, il aperçoit la Piazza Galimberti proche où se tient le marché hebdomadaire bruissant d'une rumeur allègre. Jérôme distingue des tentes blanches séparées par d'étroites travées où coulent les chalands; il se promet d'aller y faire un tour.

L'hôtel est une entreprise familiale où chacun s'affaire dans tous les services et c'est le directeur en personne qui lui apporte son petit déjeuner. Cet homme actif et courtois s'assure qu'il ne manque de rien et se retire après avoir marqué la pièce de son énergie tonifiante. Jérôme se dit que certains êtres vous réconfortent d'un mot ou d'un sourire.

Il prend place sur le petit canapé qui fait face à la fenêtre et, avant de verser son café, relit le billet que lui a remis le messager.

Cher ami de France,
J'espère que votre nouvelle installation est bonne.
Il nous ferait plaisir que vous veniez dîner ce soir.
Sans contretemps de vous, nous vous attendrons à 20 heures. Bonnes pensées.

Caterina C.

Deuilh remarque qu'il existe un léger décalage entre la façon dont la *signora* Conte parle le français et celle dont elle l'écrit. Son verbe si aisé, si maîtrisé, est relayé par un style qui, sans vraiment faire des couacs, avoue quelques incertitudes ou maladresses. Son papier à lettres est parfumé. Il le respire et pense qu'il n'aime pas cette odeur musquée.

Ses initiales C.C. sont gravées en anglaise bleue sur le vélin blanc. Au bas de la feuille, le numéro de téléphone est écrit, minuscule, comme un rappel discret. Il décide de lui téléphoner pour dire qu'il accepte l'invitation.

La voix profonde de la *zia* répond presque immédiatement :

– *Pronto?*

– Bonjour, madame Conte.

– Je savais que c'était vous. L'hôtel est convenable ?

– Parfait. Je venais vous donner mon accord pour ce soir.

– C'est une bonne nouvelle.

– J'aimerais vous dire une foule de choses.

– Eh bien, dites-les.

– Je fais un blocage.

– Alors, ne les dites pas.

Toujours ce calme immuable qui la rend disponible pour affronter les situations les plus délicates.

Il soupire :

– Tout cela est si inattendu...

– L'imprévu est le piment de la vie, monsieur Deuilh. Pour ma part, je vous dois une nuit troublée qui était encore de l'amour; j'ai remarqué que les intellectuels sont généralement de bons amants car il y a un je-ne-sais-quoi de désespéré dans leurs étreintes, comme s'ils vous prenaient pour la dernière fois.

Il s'arme de courage et murmure :

– C'était la *dernière* fois.

Elle a un bref silence choqué, puis un léger rire lui échappe :

– Qu'en savez-vous ? fait-elle. Votre pensée du matin ne sera pas nécessairement celle du soir.

– Je peux dire un mot à votre nièce ?

– Rappelez plus tard : elle est sortie.

Il pense qu'elle lui débite un mensonge et n'insiste pas.

***

Après son bain, il se met à défaire ses valises. Grande est sa colère en découvrant que la logeuse a sérieusement malmené ses vêtements. Ses costumes et ses chemises sont froissés, mis en boule, et ont servi à essuyer la poussière de l'appartement. Il trouve des œufs écrasés dans ses chaussures. Côté attaché-case c'est encore pire : la duègne y a versé le contenu d'un encrier, ses écrits sont maculés et la peau délicate qui garnit la mallette est à jamais gâtée. Tant de puérile méchanceté lui cause davantage d'amertume que de rage. Ce vandalisme de vieillarde frustrée provoque en lui un vague chagrin qu'il a du mal à analyser. Il se sent confusément rejeté, non seulement par la mesquine bonne femme, mais par le monde entier. Il éprouve le sinistre sentiment d'être « de trop ».

Sa seconde valise a subi les mêmes déprédations que la première. Aujourd'hui, il va devoir remettre ses vêtements de la veille pour sortir, lui qui a toujours à cœur de se changer quotidiennement. Il sonne la lingère, lui donne un pourboire extravagant en lui demandant de faire l'impossible pour « ravoir », comme disait leur ancienne bonne, ses effets outragés. La petite femme brune ne comprend pas tout ce qu'il lui dit ; mais l'argent est un espéranto qui facilite les contacts humains.

La rumeur du marché s'enfle à mesure que la matinée passe. Des cris, des appels, des coups d'avertisseurs troublent la quiétude de sa chambre ; il renonce cependant à fermer la fenêtre, préférant la douceur de l'air au silence. Il est comme prisonnier d'un piège qu'il ne discerne pas, mais dont les mâchoires tendues le guettent. Pour essayer de réagir il téléphone à Martin Simens. L'éditeur est rentré de Bruxelles plus tôt que prévu et se fâche en le reconnaissant.

– Tu n'es pas fou de me laisser si longtemps sans nouvelles ! J'ai cauchemardé la nuit dernière à ton propos : j'avais la certitude qu'il t'était arrivé du vilain.

– Il m'est arrivé du merveilleux, Gaulois.

C'est le sobriquet qu'il a donné à son ami, à cause de sa barbe d'or.

– Quoi ? s'inquiète l'éditeur.

– L'amour !

A cet instant, on frappe à la porte. Il crie d'entrer après avoir commandé l'ouverture depuis la tête du lit. La pièce forme une équerre et il se trouve dans le renfoncement conçu pour la couche basse d'où il appelle Martin.

– Posez mes vêtements sur la table ! crie-t-il à la cantonade.

Puis, revenant à Simens :

– Je vis la plus surprenante aventure de ma vie.

– Raconte.

– Ce serait trop long. Il s'agit d'une véritable histoire d'amour que j'écrirai peut-être un jour.

– Je savais bien que tu étais en danger !

– Elle a dix-sept ans! annonce Jérôme, théâtral.

– En *grand* danger, corrige l'éditeur.

– Je découvre maintenant seulement ce que c'est que d'être vraiment fou d'une femme.

– Dix-sept ans! Tu appelles ça une femme! Tu vas te retrouver au gnouf pour détournement de mineure! Elle est jolie, bien entendu : la beauté du diable?

– Elle n'est pas jolie : elle est sublime.

– Elle sait baiser?

– Là n'est pas la question.

– Dedieu, c'est si grave?

L'enthousiasme de l'écrivain est douché par la manière badine dont réagit son ami. Il refuse de prêter le flanc à ses sarcasmes. Pourquoi Simens ne comprend-il pas que c'est sérieux? Puisqu'ils sont si liés, il devrait sentir que Deuilh traverse une période capitale de son existence. Écœuré, il change de sujet brutalement pour bien faire sentir au Gaulois qu'il l'a vexé.

– J'ai commencé à rassembler des documents sur l'art fasciste, dit-il.

– Excitant?

– Moins que je ne le voyais depuis Paris.

– Je te l'avais dit. Ce sujet n'a qu'un mérite : personne encore ne l'a vraiment traité. Mais tu n'es pas dans le fief de Benito; c'est à Rome que tu prendras ton pied.

Il ricane et ajoute :

– Enfin... si j'ose m'exprimer ainsi.

Comme Deuilh demeure silencieux, il murmure :

– Ça va, toi, ta tronche? Où en sont tes névralgies?

– Intermittentes. Aspirine et Doliprane sont les deux mamelles de l'écrivain migraineux. Je fais avec.

Il récupère son plaisir d'avoir Martin en ligne. Le Gaulois, c'est un peu sa conscience, le seul véritable interlocuteur qu'il ait jamais rencontré.

– Pendant que j'y pense, s'écrie Martin, tu as des nouvelles de ton ex?

– Comment veux-tu que j'en aie dans mon bled piémontais ?

Tu aurais pu... Sa mère la réclame à cor et à cri.

– Je suis désormais le dernier type de la planète auprès de qui il faut la chercher.

– Aussi est-ce à moi que la brave femme s'adresse. Laurence a laissé passer son anniversaire sans le lui souhaiter; pour la première fois.

– La vie est faite de premières et de dernières fois, dit Jérôme avec indifférence. Elle se sera levé un jules qui l'aura emmenée en Papouasie.

Le souvenir de son ex-épouse s'étiole dans sa mémoire, devient improbable. Leur mariage, c'était en d'autres lieux, en d'autres temps et il ne le concerne plus.

– Une qui renaude après toi c'est ta copine Édith, la journaliste que tu as moulée en pleine conversation, sans la rappeler.

– C'est vrai, admet Deuilh, je suis un dégueulasse.

– Tu penses venir bientôt à Paris ? Ton courrier s'accumule; l'Éverest, c'est rien à côté !

– Je ne sais pas.

– Tu déniches tellement de vestiges mussoliniens à Cuneo ?

– On peut les compter sur ses dix doigts.

– Je vois : tu as trouvé mieux que cela. Ne t'emballe pas trop tout de même sur ta jouvencelle; tu sais, les ados, c'est mignon tout plein mais ça baise mal. Au début on ne s'intéresse qu'à leur minois, mais le moment des choses sérieuses finit toujours par arriver.

Deuilh a un brusque accès de fureur qui lui fait interrompre brutalement la communication. Il reste prostré devant l'appareil silencieux; honteux de son mouvement d'humeur et cependant incapable de rappeler tout de suite l'éditeur.

Pour la première fois, il se méfie de Simens. Ce dernier

n'a pas compris que ce qu'il ressent est terriblement important. Il se gausse de lui sans réaliser qu'il est en danger. C'est comme si on moquait un cancéreux pour sa mauvaise mine.

Au bout d'un moment d'indécision, il se lève pour aller contrôler ses vêtements que la femme de chambre a rapportés. C'est alors qu'il découvre Giulietta, debout près de la porte, immobile.

16

En jean et T-shirt, elle fait davantage adolescente. Un blouson léger, en coton blanc, achève de lui donner l'aspect d'une étudiante. Son visage est frais, ses cheveux décoiffés. Elle semble intimidée.

– Je croyais que c'était la femme de chambre, s'excuse Deuilh.

Il lui désigne le petit canapé qui fait face à la fenêtre et qu'on peut, éventuellement, transformer en lit supplémentaire pour un enfant.

Giulietta s'y assied peureusement.

– Il est bien, cet hôtel, murmure-t-elle.

– Voulez-vous boire un café ?

– Non, merci.

– Ou autre chose ?

– Je n'ai pas soif. J'espère que je ne vous dérange pas ?

– Il est impossible que vous me dérangiez.

Elle le contemple un moment, comme lorsqu'on cherche à comprendre ce qui n'est pas évident.

C'est un être réfléchi qui passe au crible de son intelligence tout ce qui lui semble digne de considération.

– J'ai du mal à admettre que vous vous intéressiez à moi, murmure Giulietta, c'est pourquoi vous me faisiez peur, au début.

– Et à présent ?

– Vous continuez de m'effrayer, mais plus de la même façon. Vous êtes écrivain, c'est-à-dire un être qui ne ressemble pas aux autres ; dont les pensées, les objectifs diffèrent de ceux des hommes courants. Vous voyez les gens, non pas tels qu'ils sont mais d'après une conception qui vous est propre. Ainsi, ce que vous croyez distinguer en moi n'existe sans doute pas, en tout cas pas comme vous l'imaginez.

Il est ravi par son discours, la juge plus fine encore qu'elle ne paraissait l'être.

Il lui saisit la main, la porte à ses lèvres. Elle ne tarde pas à la lui retirer, sans précipitation mais avec fermeté. Deuilh laisse s'envoler cet oiseau effarouché. Tout ce qu'elle fait ou ne fait pas, dit ou tait, le comble. Giulietta est un éblouissement. Il respire son parfum auquel se mêle sa propre odeur de fille, douce et excitante. Il savoure cet instant d'incomparable bonheur, ce silence à eux que ne troublent pas les échos du marché sur la vaste place Galimberti. Il renverse la tête sur les coussins du canapé, ferme les yeux, tente de ralentir le cours de ses pensées ; mais le cœur s'enraye-t-il à volonté ? Il songe qu'il la déconcerte et continue de lui causer une frayeur confuse dont il faut absolument la guérir.

– Quand je saisis votre main, dit-il, vous me la reprenez comme si je vous inspirais de la répulsion ?

– C'est instinctif, répond-elle ; il vous faudra du temps pour m'apprivoiser.

Courageusement, elle lui présente sa paume ouverte, ses doigts en éventail. Il y entremêle les siens et les referme sur cette peau fine. Il sent courir des ondes nerveuses dans ses phalanges.

– Votre tante sait que vous êtes ici ?

– Pas encore.

– Car vous la mettrez au courant de votre visite ?
– Probablement.
– C'est quelqu'un de redoutable, n'est-ce pas ?
– Disons de compliqué.
– Vous éprouvez de la tendresse pour elle ?
– Il le faut bien.
– Ça se commande, la tendresse ?
– Tout se commande.
– Je vous devine malheureuse...
– Je ne le suis pas. L'absence de bonheur n'implique pas le malheur.
– C'est quoi, votre existence actuelle ? Une résignation ou une attente ? Personne ne saurait vivre sans espoir.
– Donc, j'espère, fait-elle.
– Vous commencez à me prévoir dans cet espoir, Giulietta ?
– Il est beaucoup trop tôt pour le dire.

Cette remarque le fait instantanément souffrir. Sa poitrine se charge d'un poids qui l'écrase et qui doit être celui du malheur. Des larmes lui viennent, brûlantes. L'une d'elles choit sur la main délicate qu'il serre dans la sienne. Elle lui jette un regard surpris.

– A moi aussi il m'arrive de pleurer sans raisons avouables, dit Giulietta ; contrairement à ce qu'on prétend, ça ne me soulage pas.

Elle essuie subrepticement la larme de Jérôme à son pantalon, puis se lève brusquement :
– Il faut que je rentre.
– Je peux vous raccompagner ?
– Je suis à vélomoteur.

Cette annonce le surprend. Il ne l'imaginait pas sur l'un de ces engins pétaradants.

Il descend avec elle. La machine, hors d'âge, passablement déglinguée, est attachée à un poteau de signalisation par une chaîne aussi rouillée qu'elle. La jeune fille se débat un instant avec le cadenas. Il aperçoit ses seins par l'échancrure du T-shirt ; pour la seconde fois, il les juge plus gros qu'on ne s'y attend chez une adolescente. Ce sont presque des seins de femme ; malgré leur volume, elle ne porte pas de soutien-gorge.

– Vous aimez les voitures ? demande-t-il.

– Si j'en avais, je les aimerais, je pense, comme tous les Italiens...

– Je possède une Mercedes décapotable, annonce-t-il avec une puérile fierté. Une 600 SL ; vous voyez de quoi je parle ?

– Bien sûr. De quelle couleur ?

– Gris argent.

– C'est celle qui convient le mieux à une Mercedes sport.

– Je vous emmène faire un tour, cet après-midi ?

Les yeux de la jeune fille brillent de convoitise.

« C'est une enfant ! » songe Jérôme.

Cette constatation lui fait doux et triste. Une gamine est-elle capable d'aimer ? Et d'aimer un presque quadragénaire ?

L'hésitation de Giulietta est brève.

– Non : pas aujourd'hui, nous sommes occupées, ma tante et moi.

– Demain ?

– Peut-être, je vous le dirai ce soir.

Elle actionne la pédale de débrayage. Le plus impersonnel de ses mouvements l'attendrit. La mobylette ronronne rageusement en crachant une fumée grise. Elle démarre. Il semble à Jérôme que cette séparation est définitive. Il se met à courir derrière la mobe en criant son nom. Surprise, elle s'arrête. Il se jette sur elle et la prend dans ses bras alors qu'elle se tient à califourchon sur la selle au gros museau de moleskine. Il l'embrasse comme un fou. Pluie de baisers sans contrôle. Ses lèvres butinent ses paupières, son menton, sa nuque, sa bouche, tandis que de la main gauche il caresse ses seins avec violence. Elle est submergée par cette frénésie déferlante qui l'étouffe et lui fait un peu honte. Lorsqu'il la lâche enfin, rouge, essoufflé, penaud, Giulietta lui jette un long regard indécis. Après quoi elle embraye et s'éloigne aussi vite que le lui permet la vieille bécane.

***

Journée d'une morosité déprimante. Il l'occupe à faire le tri de ses habits malmenés par la sorcière au chat.

Il doit confier l'un de ses complets au teinturier car il est constellé de taches d'huile. Ses cravates lacérées sont irrécupérables, de même que la plupart de ses chemises, malgré la bonne volonté de la lingère.

Une fois le tri fait, il sort s'acheter des effets de remplacement. Cuneo ne manque pas de boutiques pour hommes où il trouve des vêtements de qualité, l'élégance étant un souci italien.

Il procède à davantage d'achats qu'il n'a subi de pertes, choisit des choses gaies, lui qui aurait plutôt tendance à s'habiller « britiche ». Ses emplettes personnelles achevées, il songe au cadeau qu'il va devoir porter au palais. Il n'est pas question de se rendre les mains vides à ce premier dîner. Des fleurs ? Mais il a connu suffisamment de tribulations avec elles, aussi décide-t-il d'opter pour un « vrai » cadeau à ruban. Ses réflexions l'amènent à conclure qu'un Français à l'étranger se doit d'offrir du parfum. Une marque de haut prestige ne peut être que bienvenue dans le boudoir d'une jolie femme, quand bien même elle ne correspond pas à celle dont elle use d'habitude. Chanel et Guerlain le tirent d'embarras.

***

A l'heure convenue, il se présente au palais. Il n'a pu résister au plaisir de passer ses vêtements neufs. Il porte un pantalon noir, un veston bleu, une cravate plutôt hardie. Veut-il, inconsciemment, rajeunir sa silhouette en mettant de la désinvolture dans sa mise ?

C'est Gastone qui répond à son coup de sonnette, dans une tenue de serviteur passablement flapie. On sent que le vêtement est entré en service avant lui au palais et qu'on l'a rajusté à plusieurs reprises.

Au lieu de la chemise et du nœud papillon, il porte un pull de coton blanc, à col cheminée, afin de dissimuler sa cicatrice, mais elle monte trop haut pour se laisser complètement escamoter.

Le regard du bonhomme ne traduit rien de ses sentiments ; pourtant, Jérôme devine qu'ils lui sont hostiles.

Il le suit dans l'escalier en trimbalant ses deux parfums enrubannés dans un sac de plastique. Au palais, la vie courante ne commence qu'au premier étage. Cette désaffection, dans une ville surélevée, ne résulte pas de l'humidité, mais d'une utilisation commerciale qui fut faite du bas au début du siècle. Des infortunes amenèrent les propriétaires de l'époque à céder l'immeuble à un marchand de vin plus préoccupé de son négoce que de fastes princiers. Le bonhomme s'empressa de convertir en entrepôt des pièces délabrées où il n'avait pas de réceptions à organiser. Seul le hall fut maintenu en état. Quand, à sa mort, ses héritiers revendirent le palais, les nouveaux habitants ne voulurent ou ne purent consacrer une fortune à la remise en état de cette partie à jamais déshonorée.

Ces dames attendent l'écrivain dans la pièce à vivre servant de salon et de salle à manger. Elle est vaste, pompeuse et sans âme, comme la plupart de celles qui sont trop hautes de plafond. Les meubles sombres rappellent ceux du hall d'entrée. Rien de commun avec la douillette chambre de la *zia* Conte.

Cette dernière porte une robe parme moulante, sur laquelle étincelle une broche sertie d'aigues-marines qui ont les reflets de ses yeux. Giulietta a mis un ensemble droit, fortement échancré, de couleur vert d'eau, dont le boléro est très court. Elles lui font fête. Se déclarent, l'une comme l'autre, ravies par ses présents.

Il tire de son sac en plastique un bouquin de lui retrouvé dans ses bagages. C'est une étude sur le *Village* de New York, illustrée par un jeune artiste américain dont il a fait la connaissance à Paris. En réalité, ce sont les dessins qui l'ont motivé pour écrire le livre. Il a eu le coup de foudre pour ce graphisme évocateur et il a « déliré » sur les illustrations.

– J'aurais voulu vous donner un livre à chacune, s'excuse-t-il, mais je n'avais que celui-ci.

Il se rend compte immédiatement que ce cadeau sert son image davantage que les flacons de parfum. A partir de l'instant où votre nom figure sur la couverture d'un ouvrage, vous êtes automatiquement crédité d'une considération de bon aloi.

L'abominable serviteur propose un porto qu'il accepte et qu'il va déguster en croquant des tranches de salami finement coupées.

A la première gorgée, il se sent délivré des tracasseries de l'existence. Les mesquineries de la guenon d'en face sont oubliées, de même que l'accrochage avec Simens. Il est bien avec ces deux femmes. Son aversion pour Caterina laisse place à une « complicité de chair » qui le maintient dans une suave euphorie. Il n'est qu'amour pour l'adolescente, mais sa parente a déclenché en lui une fringale sexuelle qu'il n'a pas éprouvée depuis longtemps. Quand il l'a eu prise, il a fait un violent rejet de cette femme; les heures s'écoulant, ce dernier s'est transformé en appétit.

A table, le pied de Caterina cherche le sien. Loin de le fuir, il l'accueille et accentue la pauvre caresse. Naguère, il jugeait un tel manège misérable, tout juste bon pour des banqueteurs éméchés, et voilà que ce soir, le jeu devient subtil et chauffe son sang.

Jamais il ne s'est trouvé dans une situation pareillement équivoque. Il joue les Werther avec la nièce et les Casanova avec la tante. Il donnerait sa vie pour un baiser de la première et se dit qu'il va très bientôt culbuter la seconde. L'une et l'autre le font mourir : Giulietta de consomption, Caterina de volupté. Il ressent une allégresse triomphante de ce dualisme. Il a une étrange sensation de puissance, comme un homme qui est parvenu à rassembler tous les pouvoirs.

La crétine de la cuisine, la trogne embrasée par son fourneau, apporte elle-même un plat dont l'apparence et le fumet mettent l'eau à la bouche.

– *Taglioni con i carciofini!* annonce la *zia* Conte, je pense que vous aimerez. Ne soyez pas surpris si Palmira reste plantée près de vous; elle ne s'en ira que lorsque vous aurez rendu grâce à son talent.

– Puis-je le faire en français? demande-t-il, amusé.

– Vous pouvez user de n'importe quelle langue ou dialecte, l'essentiel réside dans l'expression et l'intonation. Il faut vous y faire, mon cher : vous êtes dans un pays où les visages rappellent le cinéma muet; n'ayez pas peur de forcer la mimique.

Docile, Deuilh goûte au plat et rend justice à la servante comme on lui a demandé de le faire. Satisfaite, celle-ci devient volubile pour parler des ingrédients composant le mets.

La maîtresse de maison doit intervenir pour qu'elle laisse le *signore* savourer en paix.

– Je vois une trace d'alliance à votre doigt, remarque-t-elle, êtes-vous marié ?

– Non, je viens de divorcer.

Il doit leur parler de son mariage raté qui n'a, il s'en félicite aujourd'hui, pas généré d'enfant.

En peu de phrases, il raconte son ménage trop calme, l'amour qui s'étiole sans avoir vraiment existé. Il est sobre et dépourvu de la moindre rancœur. Il évoque un épisode banal d'union inutile comme il y en a tant. Son discours fait bon effet sur ses hôtesses. L'aînée l'écoute en le relançant par des questions judicieuses, la jeune fille suit d'un air détaché, mais il la sent attentive.

Ils sont disposés en triangle au bout de la longue table de marbre veiné. Dès que ses yeux se portent sur l'une des deux, l'autre en conçoit une jalousie non déguisée qui amuse l'écrivain.

Lorsqu'ils ont épuisé le chapitre de son mariage rompu, Giulietta s'intéresse à sa profession. L'offrande de son livre l'a visiblement impressionnée. Elle l'interroge. Complaisamment, comme tout homme admiré, il parle de ce qu'il répugne à appeler « son œuvre ». Des livres, des émissions de télé, beaucoup d'articles dans des revues. Il voudrait écrire un roman, mais son absence d'imagination l'en empêche et il se refuse à délayer du vécu pour tenter de faire de l'imaginaire, selon la recette éprouvée de certains écrivains. Le pied de *zia* Caterina se fait pressant ; le doux regard de Giulietta admiratif. Il se sent de mieux en mieux. Le vin qu'on lui sert est capiteux et la chère folklorique. Le repas, malgré l'austérité de l'endroit, se déroule dans une ambiance de vacances.

Quand il en a terminé avec sa carrière, il leur parle de Paris ; des lieux qui demeurent fréquentables, des quartiers pittoresques, des bistrots guillerets, des spectacles... Comme la plupart des Parisiens venus de la province, il restera toujours ébloui par la capitale.

A l'instant où ils attaquent le dessert (un *tiramisù* délectable), la sonnette de l'entrée retentit. Les deux femmes ont l'air déconcertées. Au bout d'un moment, Gastone arrive en traînant la patte et émet quelques sons à l'oreille de Caterina.

– Je vous demande pardon! fait la dame Conte en quittant la table.

Deuilh attend qu'on lui fournisse une explication, mais l'adolescente n'y songe pas, sans doute ignore-t-elle qui carillonne au palais passé neuf heures.

– Vous menez une vie passionnante, fait-elle en portant une cuillerée de gâteau à sa bouche.

Jérôme la contemple tendrement et répond :

– Il ne tiendra qu'à vous de la partager avec moi.

Elle rougit et détourne les yeux.

– Je vous le répète : dès que cela sera possible, je vous épouserai.

Le retour rapide de Caterina la dispense de répondre.

– C'est pour toi! dit-elle à sa nièce.

La jeune fille ne pose aucune question. Elle se lève, murmure une brève excuse à l'intention de leur invité et sort.

– Voilà qui doit vous changer des mœurs parisiennes, dit la *signora* Conte; dans nos provinces d'Italie, on vous rend visite à l'improviste et aux heures les moins conformes aux bons usages.

Elle se sert de *tiramisù* avec lenteur.

– Ce sont les gens qui vendent les carrés de soie de ma nièce, fait-elle, ses peintures sont très appréciées et Giulietta commence à avoir une clientèle. A son âge ce n'est pas si mal...

L'écrivain renchérit distraitement. Il est fasciné par la manière dont son hôtesse savoure le gâteau. Cela lui rappelle une scène de *Tom Jones* au cours de laquelle deux amoureux parviennent à se montrer érotiques en mangeant des huîtres. Quand on observe la *zia* on s'aperçoit qu'il existe en elle une charge de libido exceptionnelle. Elle l'effraie et l'attire tour à tour. Avec elle, il passe de l'antipathie au désir; balançant entre le besoin de la fuir et celui de la prendre.

Brusquement, il quitte sa place et se précipite sur son hôtesse. Elle vient d'absorber une nouvelle cuillerée de pâtisserie qu'il lui prend dans la bouche. Elle est de cette race de femelles uniques qu'aucune lubricité ne peut surprendre. Elle se prête spontanément à tous les jeux ou caprices. Leurs bouches béantes s'entre-dévorent avec fureur. Ils émettent les grognements et les étranges plaintes du rut. Il la soulève de son siège pour la caresser en donnant libre cours à sa rage charnelle. Elle se trousse spontanément et il lui arrache sa culotte en la meurtrissant durement. Ses cris de douleur et de plaisir mêlés ne font qu'attiser sa frénésie. Il la renverse sur la table. Une souffrance insoutenable broie sa tête à l'en faire crier. Il n'a cure de la vaisselle brisée, non plus que de ses plaintes. Elle est couchée sur des débris de verres et d'assiettes, jambes ouvertes et pendantes. L'intensité de ses névralgies est telle que son désir explose en gerbes d'étincelles. Il s'oblige pourtant à la satisfaire, le crâne défoncé par d'atroces martelages.

Sa lucidité vacille entre le désir et la douleur. Il a la volonté de lui donner un maximum de jouissance. Il y a presque de l'abnégation dans cette détermination.

Caterina se met à hurler comme une louve. Il continue de se prodiguer jusqu'au moment où elle le refoule. Il se laisse tomber sur le plancher, haletant, la tête traversée de fulgurances pourpres.

Le hideux valet entre, alerté par leurs cris. Il court à Caterina qui reste anéantie sur la table dans sa posture de femme violée. Gastone baisse pudiquement sa robe troussée, puis lui bassine les tempes avec une serviette mouillée d'eau minérale. Le monstre émet d'étranges onomatopées sur le mode plaintif. La *zia* revient à la réalité, repousse brutalement son valet et s'assied sur la table. Ses chaussures ont quitté ses pieds et l'une de ses jambes se balance régulièrement.

Elle considère son partenaire, couché en chien de fusil sur le parquet; un sourire indéfinissable finit par naître sur ses lèvres barbouillées de rouge et de crème.

17

Le vieux a desservi avant le retour de Giulietta. La *zia* Conte est allée se changer et a troqué sa robe mauve endommagée contre un ensemble rouge. Elle a rechargé son maquillage que leur étreinte avait davantage éprouvé que sa toilette. Un cerne mal corrigé sous les yeux trahit l'intensité de ce qu'elle vient de vivre.

Jérôme et elle sont assis dans une bergère à oreilles devant la cheminée sans feu. Un commun épuisement les unit. Elle pose sa main froide sur celle de son compagnon et contemple l'âtre comme si la magie du feu l'animait. Giulietta n'a pas reparu. Le palais est silencieux; seul, parfois, le craquement d'un vieux meuble trouble le silence.

Elle finit par soupirer :

– Peut-être ne me croirez-vous pas si je vous affirme qu'aucun homme, jamais, ne m'a donné un plaisir aussi violent.

Il rit doucement :

– Les hommes sont bien trop vaniteux pour ne pas croire une femme qui leur dit ce qu'ils pensent !

– Vous ne donnez pas de l'amour, mais de l'anéantissement. Il émane de vous je ne sais quoi de mystérieux, de terriblement pathétique qui transcende l'amour.

Il ne trouve rien à répondre à cette déclaration. Pourtant il souhaiterait expliquer ce qu'il y a de désespéré dans son cas. Le sait-il lui-même ? Son destin a subi un traumatisme irréversible dont rien ne pourra le guérir.

– Ce que je ressens est incroyable, soupire-t-il ; je suis capable de vous faire l'amour à en perdre la vie et cependant je suis amoureux de Giulietta. Vous me comblez, elle m'éblouit. Je peux dévorer votre corps sans m'en rassasier ; mais elle, je la regarde et mon âme pleure. N'est-ce pas trop ringard ce que je vous débite là ?

Elle hoche la tête.

– Ce que vous appréciez en moi, c'est la réalité d'une amante dont la sensualité correspond à la vôtre ; ce que vous croyez découvrir en ma nièce, c'est l'idéal dont vous rêvez depuis toujours.

– Elle n'y correspond pas, selon vous ?

– Un peu, probablement, par certains côtés, mais vous êtes loin du compte, Jérôme. Avec moi, vous assouvissez vos fantasmes sexuels, avec elle vous traquez un infini qui n'existe pas ; qui ne peut pas exister.

Il n'insiste pas. N'est-il pas quelque peu cruel, déplaisant en tout cas, que de dire à la femme avec qui on connaît les plus ardentes étreintes qu'on lui préfère une adolescente rêveuse ?

Son mal de tête est moins violent que pendant l'amour, pourtant il continue de lui déchiqueter le cerveau. Par instants, sa vue se brouille et une lame de feu s'acharne sur ses pensées comme pour les exterminer.

Cela fait plusieurs mois qu'il endure ces névralgies, du moins ce qu'il nomme ainsi. Au début il a consulté son médecin, mais la visite n'a pas généré grand-chose. Des calmants n'ont jamais guéri un mal. Il se rabat sur l'aspirine et ses dérivés pour lutter contre les crises, particulièrement pénalisantes chez un « travailleur du cerveau ».

– Qu'avez-vous ? demande Caterina.

– Je souffre de fortes migraines.

– Je peux vous proposer un comprimé ? Gastone possède une vraie pharmacie qui constitue son violon d'Ingres.

– Non, merci : j'ai ma petite panoplie.

– Un verre d'eau pour vos cachets ?

– Volontiers.

Elle se lève. Il passe sa main sous sa jupe. Il est immédiatement mis en transe par le renflement du slip.

– Vous êtes insatiable, fait l'hôtesse en gloussant d'aise.

Elle lui échappe pour aller lui chercher l'eau promise. Deuilh sort une petite boîte de sa poche et y puise un comprimé blanc qu'il place déjà sur sa langue.

Lorsqu'il l'a avalé, il interroge :

– Qu'est-il arrivé à votre domestique ? C'est à se demander comment il a pu survivre à une pareille entaille à la gorge.

– C'est la conséquence d'une rixe. Gastone a servi dans la marine.

– Coup de couteau ?

– Non : coup de feu. Le miracle : une lame n'aurait pas épargné la carotide.

Giulietta opère un retour furtif.

– Tu as été longue, remarque sa tante, j'ai dit de desservir.

– Tu as bien fait.

Elle vient s'asseoir sur le canapé faisant face au leur. Deuilh remarque qu'elle ne porte plus les mêmes chaussures. Elle a suivi son regard et dit :

– Les autres me blessaient...

Pourquoi a-t-il l'impression que ce n'est pas vrai ? Quelque chose a dérapé dans ses yeux. Il voit mal en quoi le fait de changer de souliers en cours de soirée pourrait l'inciter à mentir.

– Pendant que j'y pense ! s'exclame brusquement Caterina, nous n'allons pas pouvoir vous voir de plusieurs jours.

Ces paroles meurtrissent l'écrivain.

– Vous vous absentez ?

– Non, mais nous recevons mon frère Oreste, de Venise. Il est le chef de famille; c'est un homme de rigueur qui verrait d'un mauvais œil que nous fréquentions un étranger.

– Vous allez bien tout de même sortir, objecte-t-il, voyons-nous en ville.

Elle secoue la tête.

– Quand le pape est ici, il n'est plus question de broncher. Rassurez-vous : il ne séjourne jamais longtemps à Cuneo.

– En ce cas, j'attendrai, soupire-t-il tristement.

18

La nuit fut cruelle pour lui car il souffrit énormément de la tête et ne parvint pas à fermer l'œil. Il avala cachet sur cachet, au point d'en être assommé sans pour autant trouver quelque apaisement à ses névralgies. Le sommeil vint en même temps que l'aube qu'il décela à travers les persiennes.

Il s'endormit lourdement, abruti par les analgésiques, et ne s'éveilla qu'au début de l'après-midi. Une torpeur nauséeuse avait remplacé ses douleurs. La vie lui apparut sinistre et grise comme la cour du palais Rizzi où achevaient de s'anéantir tant d'objets au rebut. Une fois de plus, il eut le pressentiment d'une fin imminente.

Il prit une douche et se recoucha sans s'être rasé, incapable d'affronter l'agitation de la ville. Tout en lui était déroute et chagrin.

Il aménagea sa torpeur de telle sorte qu'elle lui fit l'effet d'un bain chaud. Pelotonné sous le drap, il réussit à penser au ralenti comme lorsque l'esprit vacille et que les réalités se font improbables. Il n'avait pas faim, lui semblait-il, seulement besoin de café fort très sucré. Il en commanda et, lorsqu'il l'eut bu, se sentit davantage apte à l'existence.

Après un bain vespéral, il s'habilla avec des vêtements culottés ayant survécu à la fureur de sa logeuse, de ceux qu'on passe pour traînasser chez soi et vaquer à des tâches manuelles. Il espérait que ces dames du palais Rizzi se manifesteraient malgré l'arrivée de l'oncle croquemitaine. L'une ou l'autre pouvait lui donner un coup de téléphone discret afin de garder le contact. Elles le savaient « en peine » et auraient dû avoir à son égard un élan de pitié. Leur sécheresse de cœur lui causait un sentiment d'amertume.

Il avait eu l'impression, la veille, de franchir une limite et de forcer leur intimité. Mais devant le silence qu'elles lui infligeaient, il se crut à nouveau banni, ce qui le plongea dans une affliction douloureuse.

Afin de combattre sa solitude, il appela Simens et fit amende honorable pour son mouvement d'humeur de la veille. Un véritable ami peut tout vous dire et tout vous pardonner. Le Gaulois ne le houspilla pas, comme Jérôme s'y attendait, mais le pressa de rentrer.

– Je pense que tu files un mauvais coton, lui dit-il, reviens, ne serait-ce que pour quelques jours; ça te permettrait de mettre le compteur à zéro.

Il promit de retourner prochainement à Paris. Martin se fâcha parce qu'il ne lui avait pas communiqué son numéro de téléphone; pour avoir la paix, lâchement, il lui en donna un faux.

***

« Nuit de Chine, nuit câline... »

Ce vers d'une chanson d'avant 14 lui vient à l'esprit. Scie sempiternellement ressassée par sa grand-mère quand elle faisait son ménage. C'est le « nuit câline » qui s'impose à sa mémoire. Ce soir, il fait si doux dans les ruelles du vieux Cuneo où poussent des glycines, que ce *câline* lui est sorti du cœur.

Il est bientôt onze heures et la pleine lune baigne la cité d'une clarté livide. Il arrive devant la demeure de la vieille De Renzis : nulle lumière ne brille. A deux mètres de son entrée s'ouvre le vieux portail en ruine qui donne sur la remise désaffectée du palais. Sa serrure d'origine est morte depuis longtemps et a été remplacée par un cadenas rouillé qui n'incite pas à l'effraction. Pourtant, une forte torsion de la chaîne lui fait rendre l'âme. L'écrivain pousse le lourd vantail exténué qui grince et craque comme un rafiot. Il se glisse dans la cour abandonnée qui a dû être si belle jadis avec son vieux puits et ses arcades. Son regard va à la chambre de Giulietta. Il a un soupir de soulagement en la voyant éclairée. La difficulté est de gagner le premier étage. Ce serait un jeu d'enfant pour un homme entraîné aux exercices physiques, seulement Deuilh, comme beaucoup d'intellectuels, n'a jamais sacrifié à la gymnastique. Son quotidien se répartit entre sa table de travail et sa voiture.

Il lorgne cette galerie qui lui paraît inaccessible sans échelle. Alors il mobilise son ingéniosité. Le bric-à-brac qui meurt ici fournira les moyens de son escalade. La vraie difficulté, c'est d'agir sans faire de bruit. Il songe à ce qui se passerait si son ex-logeuse le prenait en flagrant délit. Avec quelle joie mauvaise elle alerterait la police et rameuterait le voisinage. Il se refuse à lui accorder ce cadeau. Alors ses mouvements se font réfléchis et mesurés. Avec des gestes lents, il pousse deux vieilles barriques point trop démantelées à l'aplomb du balcon. Il se meut au ralenti et arrive à ses fins dans un silence qui le surprend. Il trouve deux planches qui vont constituer le plateau de son tréteau. Il reste à dénicher encore un piédestal susceptible de combler une partie de la distance le séparant de la balustrade. En fin de compte, il opte pour un troisième tonneau, de moindre capacité, et le pose sur sa petite estrade.

Il est épuisé par ses efforts, mais satisfait : lorsque sa respiration sera redevenue normale, quand ses jambes auront fini de trembler, il lui suffira de se jucher sur ce praticable pour pouvoir gagner la galerie.

Il s'assoit sur la margelle brisée du puits et attend que son corps s'assagisse. On doit percevoir dans tout le quartier le vacarme de son cœur en folie.

Peu à peu sa respiration redevient calme; une détente s'opère en lui. Il considère son édifice au clair de lune; il ressemble à une tribune de bateleur du siècle dernier; réminiscence d'une illustration de Gustave Doré. Notre mémoire est piquée d'images importunes, comme un vieux miroir l'est de taches.

Deuilh pose ses souliers pour gagner en souplesse. Utilisant une caisse comme marchepied, il grimpe sur la plateforme de fortune qu'il entend craquer sous son poids.

Il ne se rappelle pas s'être déjà livré à une escalade de ce genre. En dehors de quelques murs ou haies, dans son enfance, il n'a jamais franchi ce type d'obstacle et se sent dans la peau d'un malfaiteur.

Il exulte en parvenant sur la galerie du palais. Le grand rectangle de lumière orangée l'emplit d'un bonheur triomphal. Giulietta est à quelques pas de lui. Il va frapper à la vitre et elle comprendra tout de suite qui est ce visiteur nocturne. Par prudence, il décide de jeter un œil dans la pièce avant de se manifester. Il essaie de trouver une brèche dans les rideaux fermés, mais ceux-ci sont trop bien tirés. Il recule pour considérer la porte-fenêtre dans son ensemble et constate que le tissu s'est détaché de certains anneaux de bois qui lui permettent de coulisser, formant par endroits des festons. Il suffit de hisser le regard jusqu'à eux pour voir à l'intérieur.

Une vieille chaise de fer forgé le tire d'embarras. Il l'amène, sans bruit, devant les vitres et grimpe. Comme il l'a prévu, le créneau est superbe et lui révèle la totalité de la chambre. Ce qu'il découvre l'emplit instantanément d'effroi. Il aperçoit un homme nu dans une robe de chambre ouverte, et qui se tient assis, les jambes allongées. Giulietta, entièrement dévêtue, est agenouillée entre les genoux du personnage, les fesses sur les talons. La tête inclinée sur son sexe.

Comme la plupart des mâles en pareille situation, le partenaire garde une main sur la nuque de l'adolescente pour lui imprimer la cadence souhaitée. Elle se plie de bonne grâce à son désir, faisant montre d'une technique éprouvée.

L'homme a dépassé la soixantaine. Il est replet et sa peau blafarde se sillonne de veines bleutées. Il porte un collier de barbe poivre et sel, taillé court; ses cheveux encore abondants frisent sur les tempes, son nez est fort, piqueté de verrues sur les ailes. Sa bouche lippue s'entrouvre sur une double rangée de dents mal plantées, dont les meilleures sont en or. Le plaisir l'oblige à fermer les yeux.

Deuilh est minéralisé par le spectacle. Des sentiments violents l'envahissent. Stupeur, noire colère, pitié, haine, désespoir... Surtout ça : désespoir. Sa vie tourne court. Juché sur la chaise de fer, il assiste à la faillite de son destin. Il compose la sinistre statue de l'échec. Sa femme le trompait, la gamine à laquelle il vouait déjà sa vie est une précoce putain. Tout s'écroule! Tout est cruellement dérisoire. L'existence n'est qu'une longue désillusion; une lente agonie de nos espoirs.

Dans la chambre, les deux partenaires se désunissent provisoirement pour gagner l'immense lit à colonnes. Giulietta s'y étend en croix de Saint-André. Le bonhomme laisse tomber son peignoir avant d'escalader à son tour la magistrale couche. Il est bedonnant, variqueux. Un sexe misérable, couleur de chair morte et pauvrement roide, fait des grâces sous son ventre adipeux. Il se hisse sur la couche d'apparat, s'allonge tête-bêche au côté de la jeune fille pour lui prodiguer à son tour des caresses.

Un profond dégoût submerge Jérôme Deuilh. Il descend de sa chaise, hébété. Son mal de tête vient le harceler à nouveau, après un après-midi de rémission. Il se sent défaillir. Ses jambes tremblent, son cœur bat sur un rythme si éperdu qu'il doit s'asseoir un instant sur la chaise lui ayant servi d'escabeau. Il palpe ses poches, en sort un carnet à couverture de cuir au centre duquel il loge un crayon et sur lequel il a l'habitude de noter les idées qui lui viennent hors de chez lui.

Il écrit sur le dernier feuillet :

Mes déclarations d'amour devaient vous paraître ridicules; mais j'ignorais que vous fussiez une putain. Adieu.

J. D.

Il déchire la page du calepin et la glisse sous la porte-fenêtre. D'une chiquenaude, il propulse son message à l'intérieur de la chambre.

Il lui faut rebrousser chemin à présent. Il y a dans son crâne des résonances de gong indonésien. Sa vue est comme brouillée. Il se tient un moment appuyé des deux mains à la massive balustrade, attendant que les choses reviennent à la normale. Son état demeurant inchangé, il se décide à repartir.

Avec lourdeur, Jérôme enjambe les motifs de pierre satinés par une lèpre végétale.

Son pied cherche le tonneau et le trouve au bout de plusieurs tentatives infructueuses. Il y prend appui sans s'être aperçu qu'il est au bord du récipient. Quand il lâche la balustrade, son second pied ne trouve que le vide et il tombe lourdement sur la planche qui a servi d'estrade; elle ne constitue qu'une étape de sa chute; il atterrit sur les pavés de la cour où il demeure allongé, étourdi, mordu par mille douleurs qu'il souhaiterait plus vives encore pour être distrait de son chagrin.

19

Quand, au bout d'un long temps d'immobilité, il essaie de se remettre debout, la souffrance qu'il déclenche est follement intense. Il flotte entre deux eaux, allant d'un élancement à une période d'inconscience. Il a confusément une notion d'engloutissement au fond d'une fosse liquide qui dénature les bruits, mais préserve une parfaite vision de la lune ronde et jaune, immobile, et comme prisonnière des toits. Sa tête est une baratte qui malaxe inexorablement des images réelles ou évoquées. Son corps lui semble déchiqueté par des mandibules acérées. Le feu est en lui. Il croit entendre, venu d'infiniment loin, des gémissements, sans vraiment réaliser que ce sont les siens.

Le peu de pensées qui parviennent à se former dans son pauvre crâne ont trait à la vieille De Renzis. Sait-elle qu'il gît à quelques mètres d'elle ?

Cette sorcière toujours aux aguets a dû percevoir le bruit de sa chute. Effectivement, le grincement du portail de bois retentit. On vient ! Un glissement, davantage qu'un pas. Une ombre s'approche sur le sol inégal. Quelqu'un se penche. Il respire un parfum qu'il connaît. D'une détente, il réussit à se mettre sur le dos. Giulietta s'est accroupie près de lui et le contemple.

– Où avez-vous mal ? chuchote-t-elle.

– A la tête surtout.

Elle est en chemise de nuit et robe de chambre. La lune éclaire ses seins. Son visage reste dans l'obscurité, pourtant il décèle la brillance de ses yeux.

– Pouvez-vous bouger ?

Bouger ? Drôle de verbe dont il a perdu la signification. Il remue une jambe, puis l'autre.

– Les bras ? insiste-t-elle.

Il dégage tour à tour et sans trop peiner son bras droit, ensuite, le gauche.

– Donnez-moi la main, je vais vous tirer, à moins que vous n'ayez quelque chose aux reins ?

Elle noue ses doigts à son poignet et s'arc-boute. Il se soulève à demi jusqu'à pouvoir s'agenouiller.

– Vous ne vous êtes rien brisé, à première vue du moins. Attendez-moi un moment, je vais revenir.

Quand elle s'est éclipsée, il s'accagnarde contre l'une des barriques et essaie de trouver un peu d'énergie. Il réalise que son état résulte de ses terribles névralgies, le reste n'est que contusions multiples. Il prend sa boîte de comprimés et en avale un sans eau, ce qui n'est pas facile, mais il le fait assez fréquemment en rassemblant de la salive et en donnant un bon coup de glotte. Cette fois, il rate son affaire et la petite dragée blanche reste bloquée dans sa gorge.

Curieusement, son sentiment de répulsion pour l'adolescente a disparu. Il a suffi qu'elle vienne le secourir pour qu'il l'absolve. Par contre, il sent se développer en lui une formidable haine envers le type ventripotent qui a fait l'amour à cette presque enfant. Il décide de l'abattre comme un animal nuisible. Cette pensée le calme, comme chez certains la prière.

Elle réapparaît sans ses vêtements d'intérieur, habillée d'un jean et d'un sweater, chaussée de ballerines qui allègent encore sa démarche, lui donnent une grâce aérienne.

– Notre domestique sort la voiture pour vous raccompagner à l'hôtel, annonce-t-elle. Il faudra appeler le médecin.

Deuilh ne répond rien. Il est subjugué par cette jouvencelle énergique qui brusquement vient de le prendre en charge. Est-ce bien la même qui, naguère, faisait l'amour à un barbon ? Il essaie de se la rappeler entre les jambes variqueuses du sexagénaire, mais il ne peut supporter l'évocation de leur misérable fornication.

Gastone Toselli survient, peu après, la cicatrice béante et le regard agressif. Sans un mot, il soulève l'écrivain en le prenant sous les bras, puis, lorsque celui-ci est à la verticale, il change de posture et lui offre un soutien latéral. Giulietta se place de l'autre côté et le tient à la taille. Ils cheminent lentement sur les méchants pavés à têtes-de-chat. Deuilh est traîné, plutôt qu'il ne marche vraiment.

Quand ils franchissent le portail, une voix acerbe les cueille, provenant du premier étage. Ces allées et venues ont fini par réveiller la *signora* De Renzis dont l'aigre repos ne tient qu'à un bruit. Voyant déboucher l'étrange trio de la cour, elle rameute le voisinage à grands cris. Elle a parfaitement reconnu les trois personnages, mais feint de les prendre pour des maraudeurs et s'égosille. Quelques fenêtres ne tardent pas à s'ouvrir ; des visages tuméfiés par le sommeil surgissent. Des voix pâteuses s'informent. La vieille prend un grand plaisir à dramatiser. Giulietta reste impassible et continue de soutenir leur ami jusqu'au coin de la rue où est stationnée la voiture.

Le veilleur de nuit de l'*Hôtel Principe* se contente d'un minimum d'explications. Vu l'heure tardive, il met sur le compte de l'ivresse l'aspect de ce client mal en point. Lorsque Deuilh est enfin dans l'ascenseur, le miroir de la cabine lui offre une vision pénible de lui-même. Sa figure se couvre d'ecchymoses, ses lèvres sont fendues et ses vêtements poussiéreux ont craqué par endroits. Mais ce qui frappe le plus, ce sont ses yeux. On dirait ceux d'un fou. Ils sont pleins d'une luisance inquiétante, de fixité insoutenable.

Sa compagne dit quelques mots au valet, qu'il croit avoir compris : elle lui ordonne de rentrer et de laisser entrouverte la porte du hall. L'homme s'éloigne sans marquer de réaction. Il est devenu une espèce d'affreux robot conçu pour obéir.

– Vous sentez-vous la force de prendre un bain ? questionne-t-elle, une fois parvenus à sa chambre.

Tout ce qu'il arrive à lui proposer en guise de réponse c'est un hochement de tête misérable qui ne veut rien dire.

Elle l'interprète comme une affirmation. Tandis que l'eau coule, il se love en chien de fusil sur l'étroit canapé. Dans sa tête se déchaîne un tohu-bohu insoutenable. Il perçoit des grincements d'acier. Ces cris de métal à vif le font sursauter. Il essaie de renouer avec le réel, mais il existe des « manques » dans son esprit, de brefs comas qui, au lieu de le soulager, attisent ses névralgies. Il ferme les yeux, c'est ce qu'il a trouvé de plus efficace pour atténuer son mal.

Giulietta se penche sur lui et entreprend de le dévêtir. Il ne regimbe pas, se montre d'une passivité proche de l'indifférence. Il est dépouillé de ses vêtements sans éprouver de gêne : il a perdu toute pudeur.

La jeune fille a retroussé ses manches et lui bassine la tête et le buste avec un gant de toilette. Ses gestes lents et doux semblent effacer sa souffrance, à croire que la douleur est une tache qu'il suffit de frotter pour l'atténuer. Bientôt, il peut admirer ses seins par son décolleté. Le gros goret de tout à l'heure s'en repaissait.

– Qui était-ce ? demande-t-il.

Elle comprend immédiatement de qui il parle.

– Mon oncle Oreste.

– Celui qui vous avait d'abord recueillie ?
– En effet.
– Et qui s'est empressé de vous violer ?

Elle ne répond pas. Assise de biais sur le rebord de la baignoire elle continue de passer le linge sur sa nuque, comme si elle devinait le siège de son mal.

– Quel âge aviez-vous, la première fois ?
– Douze ans.

Il l'imagine, petite fille, sous le ventre ignoble de ce gros bourgeois vénitien. Il se sent d'une froideur mortelle.

– Et sa femme s'en est aperçue ?
– C'est vrai.
– Il a dû vous éloigner du palais ; alors il vous a confiée à sa sœur Caterina ?

Il lui saisit le poignet pour qu'elle cesse de le frotter. Elle dérobe son regard de gamine, son regard de honte qui n'ose plus soutenir celui « des gens qui savent », qui n'osera jamais plus.

– De temps à autre, il vient toucher le prix de la pension ?

Elle tord consciencieusement le gant de toilette qu'elle dépose ensuite sur la paillasse de la baignoire, va décrocher le peignoir en tissu-éponge marqué du nom de l'hôtel et le tient devant elle comme une cape de toréador.

– Vous pouvez sortir seul de l'eau ?
– Bien sûr.

Deuilh lui tourne le dos pour enfiler la robe de bain. Il noue la ceinture, croise les pans du vêtement sur son sexe et se retourne, le sourire aux lèvres.

– Ça va beaucoup mieux, je m'étais assommé en tombant ; je fais un piètre Roméo, ma pauvre Giulietta !

Le brusque enjouement qu'il affiche la déconcerte et l'inquiète.

– Maintenant, je vais rentrer, décide-t-elle.
– Vous avez bien encore un peu de temps à m'accorder.

Il doit dormir. Après l'amour, les gros hommes roupillent. Dites, Giulietta, sa fornication vous donne-t-elle du plaisir ?

Elle hausse les épaules :

– Vous pensez bien que non !

– C'est un droit de cuissage que vous avez dû accepter ?

– Si vous voulez.

– En grandissant, l'envie ne vous est pas venue de regimber ?

Elle réfléchit et murmure :

– Pas un instant. Mais vous ne pouvez pas comprendre. Que font les filles dont leur père abuse ? Rien ! Elles n'en parlent à personne. C'est comme une fatalité qui gâche leur vie mais à laquelle elles se soumettent.

– Vous le haïssez, au moins ? demande-t-il timidement.

– Même pas. En dehors de ce fantasme qu'il assouvit sur moi, il a un comportement de tutcur vigilant. Il fait fructifier les biens que m'ont laissés mes parents et me rend compte scrupuleusement de sa gestion. A ma majorité, il les mettra à ma disposition.

– Quel brave oncle ! Il est lui-même riche ?

– Son palais fut l'un des plus beaux de Venise, à vingt mètres du Grand Canal : le palais Grazioli.

– En somme, dit Deuilh : tout va bien ?

Elle a un hochement de tête accablé et des larmes se mettent à perler au bord de ses longs cils.

Il la prend dans ses bras. Pour la première fois, elle se laisse aller sans opposer la moindre résistance.

– Pardon, chuchote-t-il, je suis venu troubler votre existence. Elle coulait sans bruit. Et puis je soulève des pierres sous lesquelles grouillent les cancrelats. Malgré ce que je viens d'apprendre, je te veux, petite. Je te veux ! Et je passerai le restant de ma vie à essayer de réparer ta jeunesse ravagée.

Elle s'arrache à son étreinte pour courir à la porte.

Avant de l'ouvrir, elle se retourne et lui montre un visage furieux.

– Vous êtes arrivé à ce que vous vouliez ! fait-elle : je vous aime !

Elle disparaît. Deuilh gagne l'unique fauteuil de la pièce et s'y assoit avec une lenteur de vieillard. Il renverse la tête sur le dossier et se met à contempler le plafond.

DEUXIÈME PARTIE

LE SERVITEUR MUET

20

Il quitta Cuneo au début de l'après-midi, le lendemain, après avoir longuement réfléchi. Avant de partir, il téléphona au palais Rizzi; ce fut la *zia* Conte qui lui répondit; ils eurent une conversation à l'issue de laquelle il lui annonça que ses occupations le contraignaient à regagner Paris pour quelques jours, mais qu'il ne tarderait pas à revenir.

Elle avait une voix prudente et plus froide que d'ordinaire; il en conclut que l'oncle Oreste se trouvait à proximité. Malgré tout, le timbre rauque de Caterina opéra sur ses sens et le mit dans un début d'émoi qui se dissipa dès qu'il eut raccroché. Il ne souffrait plus de la tête; il goba cependant deux comprimés avant de partir. Sa chute de la nuit engendrait une foule de séquelles, sans gravité, mais qui lui causaient de rudes douleurs plus ou moins diffuses.

Il roula à folle allure. La Mercedes décapotée comportait un coupe-vent arrière qui le préservait des morsures de la vitesse. L'illustrateur américain avec lequel il s'était lié d'amitié lui avait ramené des U.S.A. un détecteur de radar qu'il branchait sur la prise de l'allume-cigares et qui l'avertissait des pièges policiers.

Il atteignit Paris un peu avant 21 heures. Conduire plusieurs heures d'affilée l'avait engourdi au point qu'il eut du mal à s'extraire de son bolide. Son corps endolori ne parvenait pas à se déployer et il dut reculer son siège au maximum pour pouvoir le quitter.

Lors de leur séparation, Laurence lui avait laissé l'appartement, où elle ne s'était jamais plu, prétendait-elle. Ils étaient convenus qu'en compensation, il lui servirait une pension pendant dix ans, qui représenterait le montant de sa part plus les intérêts. Il habitait aux Buttes-Chaumont, non loin des studios de la télévision, et ses fenêtres donnaient sur le parc. Deuilh y trouvait un côté provincial, bien que son immeuble fût neuf, de même que ceux du voisinage.

Il laissa l'auto dans le parking en sous-sol et prit l'ascenseur. Il demeurait au dernier étage dans un appartement de trois pièces pourvu d'une petite terrasse fleurie d'où l'on jouissait d'un superbe panorama sur Paris. Cet appartement, qu'une agence immobilière aurait qualifié « de charme », était tout en dénivellations et recoins poétiques. Jérôme fut brusquement apaisé en en franchissant le seuil.

***

Une femme de ménage maghrébine vient trois fois la semaine pour l'entretien. Elle aère, dépoussière, fait couler l'eau des robinets afin de lutter contre le calcaire, rassemble le courrier dans une corbeille et nettoie les vitres. Celle de la baie du salon est difficile à briquer car elle monte jusqu'au plafond et un simple escabeau ne permet pas d'en atteindre le haut. De gigantesques rideaux à doublure d'amiante permettent de s'isoler du soleil et des lumières de la nuit; ce sont eux qui ont provoqué chez Laurence un blocage. Elle croyait, disait-elle, exister sur une scène de théâtre.

Il abandonne ses bagages dans l'entrée pour reprendre

possession des lieux. Une détresse indécise l'oppresse. Malgré les interventions de la grosse Arabe au visage grêlé, son logis sent le renfermé; pourtant, il n'y a pas longtemps qu'il l'a quitté. Son regard tombe en premier lieu sur une photographie de sa femme, prise à Courchevel, deux ans auparavant. Le cliché la montre, bras levés, un bâton dans chaque main, riant à pleines dents à l'intention du photographe qui, d'après certains recoupements, devait être son amant. Il se saisit de l'image encadrée et va la jeter dans le vide-ordures de l'office. Il est d'un calme glacial qui l'incommode.

Le living comporte un décrochement rehaussé de trois marches, aménagé en bureau-bibliothèque. Sur sa table de travail, la corbeille de cuivre tressé déborde de courrier, tandis que les colis (des livres envoyés comme service de presse pour la plupart) s'empilent sur le sous-main.

La première enveloppe qui se présente émane de sa belle-mère, Sidonie Faucheux. Il la repère à cause de son papier bordé de noir. Elle est veuve depuis plus de douze ans mais continue de l'utiliser.

Jérôme hésite. Va-t-il la jeter sans l'ouvrir ou en prendre connaissance ?

La mère de Laurence est une petite femme à malheurs, pleine de maux et de déboires. Il y a en elle une anxiété endémique qui croît avec l'âge.

Il se saisit de la missive et la flaire avec défiance, sachant qu'elle ne peut rien lui apporter de positif; avec Sidonie, tout est ratage et désespoir. Cependant, il éventre le papier grenu qui oblige à écrire au crayon-bille car il boit l'encre, et s'informe des tourments de la pauvre femme.

Cher Jérôme

C'est une mère angoissée qui vous écrit. Je suis sans nouvelles de Laulau depuis plus de deux semaines, elle qui n'a jamais laissé passer quatre jours sans m'appeler.

Je sais bien que c'est terminé entre vous, mais eu égard au passé, je vous supplie de m'aider.

Maman Sido

« Quelle quantité de ce foutu papier a-t-elle pu acheter au moment de son veuvage », se demande-t-il. La lettre a une vague odeur de végétaux séchés.

Il décide de téléphoner à Sidonie sur-le-champ; s'il attend, il ne le fera plus. « Avant » il connaissait son numéro à Orléans de mémoire, mais le temps grignote tout, de ses affreuses mandibules, il doit donc le rechercher sur son répertoire de bureau.

Elle répond dès la première sonnerie. Sans doute passe-t-elle sa vie à côté de l'appareil ?

– Mon Dieu, Jérôme ! Vous avez reçu mon courrier, bien sûr ?

– Je pense que vous vous alarmez pour rien, chère maman. Votre fille est en train de vivre un grand amour sous d'autres cieux, ce qui l'amène à vous négliger.

Ce langage atténue quelque peu l'angoisse de la veuve.

– Vous croyez ?

– Naturellement. Je rentre d'Italie où un travail me mobilise et j'ignore tout de sa vie privée actuelle. Elle habite avec un mec, bien sûr ?

Silence embarrassé de Sido.

– Vous pouvez parler, ma chérie; il y a prescription : l'existence continue pour l'un comme pour l'autre, fait-il d'un ton enjoué.

– Elle a quelqu'un oui, murmure la mère en détresse; mais ils n'habitent pas ensemble.

Elle ajoute d'un ton presque honteux :

– Il est marié.

– Oh ! que c'est vilain ! ricane Jérôme. Vous avez pu joindre ce monsieur ?

– C'est lui qui m'a appelée pour me demander si j'avais des nouvelles de Laulau.

Il dit, en plaisantant :

– Elle vous joue le *Troisième Homme*!

– Vous le pensez vraiment ?

– Ma foi oui; elle n'ose vous mettre au courant avant de l'avoir... expérimenté, si vous me passez l'expression. Allons, ne dramatisez pas, les mauvaises choses on les apprend très vite. Je vous embrasse.

Il raccroche, puis jette la lettre de sa belle-mère au panier et se détend. Contrairement à ce qu'il appréhendait, leur conversation téléphonique lui a apporté une sorte d'apaisement.

Il va inventorier le placard de la cuisine, y trouve quelques conserves et soupe d'une boîte de thon à l'huile.

***

Il passe une nuit d'ange, nu dans son lit aux draps bien tirés.

En s'éveillant, il découvre que l'épisode de sa vie piémontaise a perdu de sa réalité. C'est devenu une péripétie peu crédible dont il commence vaguement à douter. Pourtant, il sait qu'il s'agit là d'une impression fallacieuse et que tous les éléments d'un drame impitoyable restent en place, prêts à se mettre en route. Un bruit dans l'entrée le met en éveil; sa pendulette lui indique qu'il est presque dix heures. Assommé par la fatigue du voyage, il a dormi davantage qu'à son habitude, et encore est-ce probablement le claquement sec de la serrure de sécurité qui l'a tiré de son inconscience.

Un instant passe, puis la porte de la chambre s'écarte et le visage d'une assez jeune femme s'insinue par l'entrebâillement. Il reconnaît Maud, la secrétaire de Simens à qui il avait demandé de relever son courrier une fois par semaine.

– Bonjour ! Déjà rentré ?

Il attend que la confusion consécutive à son sommeil prolongé se dissipe un peu.

– Cette nuit, finit-il par murmurer.

Elle s'approche en souriant, dans un tailleur grège qu'accompagne un chemisier jaune vif. C'est une fille plaisante sans être vraiment jolie, toujours soigneusement habillée et que toute « la bande » de « l'Atelier d'Édition » s'est envoyée sans que cela n'ait jamais créé la moindre tension.

Elle vient familièrement s'asseoir au bord du lit, une jambe repliée, l'autre pendante, peu avare de son slip, et lui offre son superbe sourire couleur abricot.

– Alors, c'est bien l'Italie ?

– Ça a du charme.

– J'étais venue chercher votre courrier, mais du moment que vous êtes rentré...

– Simple aller-retour, vous pouvez l'emporter ; je ne vais pas avoir le temps de m'en occuper. Comment va le Gaulois ?

– L'Édition prend de la gîte de plus en plus ; le monde sombre dans l'inculture, d'ici deux générations, plus personne ne saura lire.

Il reconnaît là le langage de Martin.

Elle avance la main sur le drap qu'elle se met à palper d'autorité.

– Il y a du monde, là-dessous ? demande-t-elle.

– Pour les âmes persévérantes, probablement, plaisante Jérôme.

– J'adore la pipe du matin, assure-t-elle en le découvrant. Oh ! mais dites donc : « ça » se réveille ! J'ai bien fait de venir !

Maud considère la fellation comme un des beaux arts et la prodigue avec gentillesse.

Il est ravi de l'aubaine, noue les doigts derrière sa nuque et la laisse opérer librement. Au plus fort de l'action, alors qu'il se sent bien parti pour cette séance impromptue, il évoque Giulietta entre les jambes blafardes de son vieil oncle, et son début de félicité fléchit. Elle redouble d'activité, mais sans résultat. Après quelques efforts supplémentaires, Maud déclare forfait.

– Évidemment, soupire-t-elle, vous avez pensé à « quelque chose » de débandant. C'est la plaie, chez les intellos, la gamberge!

Il sourit tristement. Ça y est : ces dames du palais Rizzi l'ont déjà réintégré en force!

Tout en rechargeant ses lèvres, elle déclare que, pour rien au monde elle ne voudrait être un homme. Faire l'amour sous condition d'érection lui paraît la pire des servitudes.

– Je vous trouve changé, déclare-t-elle au bout d'un moment.

– A cause de cette panne sèche?

– Oh! non : ce sont des incidents de parcours, mais il y a dans vos yeux une lueur qui n'y brillait pas avant votre départ.

– Quelle genre de lueur?

– Ça ressemble à de la souffrance, plus exactement à un tourment. Vous avez des problèmes, Jérôme?

Cette question lui fait hausser les épaules.

– Tout le monde, plus ou moins, non?

Maud n'insiste pas.

– Vous allez prendre le temps d'embrasser le Gaulois, j'espère? S'il sait que vous êtes venu à Paris sans le voir, il en fera une maladie!

– Je vais lui téléphoner, décide-t-il brusquement en sautant du lit.

Nu, il gagne sa loggia-bureau car il s'est toujours refusé à avoir le téléphone dans sa chambre à coucher, sous prétexte qu'il a besoin d'isolement pour dormir.

La jeune femme le suit sans vergogne.

– Vous êtes drôlement bien membré, assure-t-elle; de

plus vous possédez une queue sympa, ce qui est moins fréquent qu'on ne le croit. J'aime les bites franches du collier, comme la vôtre.

Deuilh l'écoute discourir en souriant, Maud est une fille très « nature » à qui on pardonne son parler cru.

Simens décroche en personne.

– Où es-tu ? aboie-t-il.

– Chez moi, à Paris. Simple aller-retour pour les besoins de mon travail.

– Ça marche, l'art fasciste ?

– Comme ci, comme ça.

– Parce que tu t'obstines à séjourner dans une région où il est inexistant. Et les amours ?

Deuilh se sent comme lors d'une « interro » rebutante, jadis. Il est de ces êtres qui ne savent pas assumer leur culpabilité. Être confondu provoque en lui une haine brûlante contre l'humanité.

– Sois gentil ! murmure-t-il sourdement.

Simens qui le connaît parfaitement met les pouces.

– O.K. ! O.K. ! Pas de bavures, grand. On se voit ?

– Je vais faire l'impossible.

– Essaie, tu n'oublies pas que tu es mon seul ami ?

– Toi aussi, tu es mon seul ami.

– Tu sais à quoi ça sert, l'amitié ?

– Oui, Gaulois, je sais.

Comme la secrétaire lui adresse un signe, il ajoute :

– Je te signale que Maud est ici pour relever mon courrier.

– La pipe du matin n'arrête pas le pèlerin ! plaisante l'éditeur ; ne la garde pas trop longtemps : les mémoires de Charles Aznavour sortent ce matin et c'est le coup de feu à l'Atelier.

Quelques minutes plus tard, il se retrouve seul dans l'appartement. Un beau soleil éclaire le parc des Buttes-

Chaumont. Deuilh regrette de n'avoir pas demandé à Maud de lui préparer du café car il a horreur d'utiliser la cuisine où il n'est pas à l'aise.

Comme il achève de boire sa troisième tasse, son téléphone retentit. Il va répondre et son cœur s'emballe quand il reconnaît la voix menue de Giulietta.

Elle a un timbre de petite fille. Chose curieuse, l'appareil lui rend compte d'un léger accent qu'il ne perçoit pas lorsqu'ils sont ensemble.

– Comment avez-vous eu mon numéro de téléphone ? demande Deuilh.

– Vous l'avez donné à ma tante et elle l'a écrit sur le bloc de son bureau.

– Si je comprends bien, elle est absente ?

– Elle est allée conduire son frère à l'aéroport Levaldigi.

– Tonton a regagné ses gondoles ?

– C'est un homme très occupé.

Elle ne peut se défendre de l'admirer, les basses fornications qu'il lui inflige ne parviennent pas à détruire son image de patriarche bedonnant.

Un silence se développe ; mais il ne peut le rompre, tant il est bouleversé par cet appel.

– Je pense à vous sans arrêt, finit-elle par déclarer.

Il renonce à parler. Que lui dire qui ne soit banal ? Lui crier qu'il est fou d'elle à en mourir ? Les mots s'arrêtent devant la force de ses sentiments. Il les juge insuffisants, trop mièvres. Parler, ce serait trahir ce qu'il éprouve.

Elle comprend son presque silence, sait interpréter les syllabes sans suite qu'il émet avec l'incohérence d'un faible d'esprit.

– Vous pensez revenir bientôt ?

– Très vite.

– C'est-à-dire ?

– Trois jours, quatre... Je ferai au mieux. Il faut que

j'aille voir en province mon vieux père souffrant ; que je règle des projets de télévision.

Elle ne répond pas. Il croit l'entendre renifler comme si elle pleurait. Il chuchote son nom. Elle sanglote. Merci mon Dieu !

21

La glace du lavabo lui fournit une médiocre image de sa « transformation ». Deuilh a eu la sagesse de ne pas en faire trop. Une coiffure différente, des lunettes teintées et une absence de rasage de quarante-huit heures modifient vaguement son visage ; insuffisamment pour ne pas être reconnu d'un familier, mais assez peut-être pour créer une perplexité chez d'éventuels témoins.

Il regagne sa place en classe économique (alors qu'il a l'habitude de voyager en *business*) et se replonge dans la lecture du *Monde*. Il porte des vêtements « de campagne », avachis, auxquels un polo fatigué donne une note négligée tout à fait inhabituelle chez un homme soucieux de sa mise.

Parvenu à l'aéroport, au lieu de prendre un taxi, il se contente de la navette. Il a, pour tout bagage, un appareil photograhique et la sacoche de matériel qui le complète.

Il s'assied sur un banc de la piazza di Roma et étudie le plan de Venise dont il s'est muni. Cela fait cent fois au moins qu'il le consulte, mais sur place ce serpent sinueux qu'est le Grand Canal se pare d'une magie captivante. Depuis sa première visite à cette ville, qui remonte à son adolescence, Jérôme voue à la Cité des Doges une admiration sans limite. Ce prodigieux mariage de l'eau et de l'architecture lui procure toujours la même émotion exaltante. Il est venu y aimer des femmes, il est venu y chercher l'inspiration, il est venu pour y fêter sa propre existence à certains de ses anniversaires solitairement vécus. Chaque fois, l'ensorcellement a joué et, étrangement, au milieu de ces richesses, il a éprouvé une singulière estime de soi-même, comme s'il participait à la création de l'œuvre en l'admirant.

Ayant repéré, une fois encore, l'emplacement du palais Grazioli, il décide de s'y rendre à pied, en suivant les petites *calli* qui enjambent les canaux par des ponts en dos-d'âne. Son appareil sur l'estomac, il est un touriste parmi tous ceux dont grouille « la ville magique ». Il va, habité par une volonté implacable. Il se déplace lentement, du pas des flâneurs ralentis par la chaleur de l'été. Sa détermination s'accompagne d'un grave contentement. Tout au long de sa vie, lorsqu'il lui est arrivé de prendre une décision importante, il en a résulté cette félicité un peu trouble.

Il met une demi-heure à trouver le palais Grazioli au bord d'un canal perpendiculaire au *Canalazzo.* Il s'agit d'une construction extérieurement délabrée, sans commune mesure avec les fastueuses demeures qui se succèdent sur la glorieuse voie navigable. Il rappelle, en plus vaste, celui de Cuneo : même couleur marquée de plaques de salpêtre, même décrépitude vaillamment jugulée par des replâtrages approximatifs. Sa façade trempe dans l'eau verte; tout le soubassement est recouvert de limon. Des algues de mauvaise apparence recouvrent les marches en grande partie immergées. Un remugle de pourrissement aquatique flotte, écœurant. Son porche d'apparat n'est guère accessible que par bateau; un sommaire examen des lieux indique à l'écrivain que l'on pénètre plus couramment dans le palais par une ouverture donnant sur une charmante vieille place pavée, au fond de laquelle se dresse une église. Pour joindre le perron partiellement englouti, on use d'un étroit trottoir large d'une trentaine de centimètres, sur lequel il est peu prudent de s'aventurer.

Jérôme Deuilh en arrive à se dire que l'accès officiel ne doit pas beaucoup servir, à moins que l'oncle Oreste ne dispose d'un canot automobile, avec pilote, ce qui semble démenti par la vétusté du ponton. Plus vraisemblablement, seuls les taxis-vedettes utilisent le débarcadère.

Il opte pour l'entrée arrière bien qu'elle ne soit pas reluisante. L'allée conduisant à la cour intérieure s'encadre d'échoppes : débits de vin, épiceries où l'on sent que la plupart des denrées sont moisies, merceries touchantes par le dénuement des fournitures qu'elles proposent, ateliers obscurs. N'est-ce point de ce contraste entre les maisons opulentes et les masures qui les côtoient que provient le charme de la ville ? La boutique se blottit contre le palais; la venelle rance borde des chefs-d'œuvre Renaissance; le nobliau emprunte des espaces lépreux pour gagner son orgueilleux logis.

« Une ivresse permanente, songe Deuilh; la vie plus impétueuse qu'un torrent. »

Il trouve un poste de guet intéressant, sur une borne de pierre fichée en bordure du canal. Il se met à attendre en songeant qu'il ne s'est pas préoccupé d'un gîte pour la nuit et ne dispose même pas d'un slip de rechange; mais quelque chose lui dit que ce sera bref.

***

La vie grondante de Venise lui communique un sentiment de liesse. Des gondoles lestées d'amoureux godiches passent, manœuvrées de façon altière par un homme coiffé de paille enrubannée. De temps à autre, c'est une vedette au ralenti haletant. Prodige d'adresse. La vie aquatique est grouillante. Les embarcations se croisent ou se doublent au plus juste. Ces gens naturellement surexcités deviennent silencieux et calmes lorsque le pilotage est difficile. Tout s'opère en un rêve complaisant.

Deuilh surveille l'entrée sombre pavée de têtes-de-chat. Des gamins turbulents en jaillissent, puis des commères ventrues, et des vieilles édentées, noires comme des veuves.

Du temps s'écoule, dont il n'a pas bien conscience. Il fait chaud. Des touristes en shorts se livrent à leur sempiternel safari-photos. Se peut-il qu'ils regardent plus d'une fois leur moisson d'images quand elle est développée ? Quelle sotte frénésie les pousse à flasher à tort et à travers des lieux souvent sans intérêt ? Quel besoin de conquête imbécile anime leur boulimie de clichés ?

Il considère, apitoyé, ces fourmis faussement affairées, les prend en pitié par-delà son mépris.

La grosse voix du clocher proche retentit égrenant des heures sans grande signification. Le soleil a rampé jusqu'au coin d'ombre où il se tient, comme pour l'en débusquer. Il décide qu'il va chercher un autre poste d'observation plus confortable, et juste au moment où il accomplit un rétablissement, il voit arriver une femme opulente qui marche en direction du palais. Son instinct l'avertit que c'est la *signora* Grazioli, l'épouse de l'oncle incestueux. Il la regarde s'avancer d'une allure dandinante. Elle porte une robe plissée blanche à pois noirs ; une écharpe de soie bleue est jetée sur ses épaules grasses.

Elle tient un sac à main ventru à bout de bras, avec une gaucherie de paysanne endimanchée.

Il se met à la suivre. Note que ses jambes atteintes d'éléphantiasis sont monstrueuses. Les chevilles forment une double masse pâle qui retombe sur ses chaussures, composant d'horribles guêtres de chair molle. Son postérieur ressemble à une charge basse, difficilement coltinée. Parvenue devant la demeure, elle s'arrête pour discuter avec une jeune femme enceinte tenant un marmot dans les bras. Leurs éclats de voix parviennent à Deuilh; il croit déceler une certaine vulgarité chez celle qu'il estime être la tante de Giulietta. Un parler sonore, un ton péremptoire de matrone ayant l'habitude d'être obéie.

Embusqué à l'angle du pont en dos-d'âne, il attend la fin de leur parlote. Lorsque les commères se séparent, la *zia* Grazioli s'engage sous la voûte ombreuse. Elle ressurgit dans une zone ensoleillée qu'elle franchit, tanguant et roulant comme un bateau poussif, et va droit au lourd vantail de bois fermant l'arrière du palais. A vrai dire, il ne le clôt que symboliquement car son démantèlement empêche qu'on le ferme complètement.

Jérôme se glisse sous le porche, son appreil photographique en batterie. Il a eu raison de juger que c'était là le plus simple et le plus efficace des alibis. Dans cette ville des merveilles, un chasseur d'images devient pratiquement invisible.

Il va jusqu'au portail et lorgne à l'intérieur. La grosse *signora* est en train de gravir en ahanant un escalier de pierre. Ce dernier livre accès à une galerie sur laquelle prend une forte porte à deux battants constituant l'entrée des appartements. Parvenue à l'étage, la matrone tire une clé de son gros sac à main, ce qui surprend Jérôme : les Grazioli n'auraient-ils pas de domestiques ?

Il attend que la *signora* soit entrée pour pénétrer à son tour dans la cour.

Contrairement à celle du palais Rizzi, cette dernière ne sert pas de débarras. Elle est vide, bien balayée et pavée de bonnes dalles. Au-delà de l'escalier, s'ouvre une voûte très haute de plafond dont le sol descend en pente douce jusqu'au canal. Un débarcadère construit sur pilotis permet aux vedettes d'accoster. Les portails sont mal lotis à Venise. Imparable, l'eau finit par avoir raison d'eux. Ils pourrissent par le bas, se disloquent sous leurs pentures rouillées et finissent par ne plus créer d'opposition à qui entend pénétrer dans les lieux qu'ils étaient chargés de défendre.

Deuilh se risque sur le sol lisse et gluant en direction du canal dont l'eau verdâtre, brassée par mille hélices, clapote inlassablement. De l'autre côté de l'étroite voie aquatique, se dresse un haut mur protégeant un jardin ; une végétation folle tombe le long des vieilles pierres dans son reflet sans cesse perturbé.

L'écrivain contemple avec l'émotion du poète cette vision sereine d'eau et de plantes en pleine connivence. Il aspire à une vie de quiétude amoureuse. Il se voudrait seul avec Giulietta dans un lieu où le temps perd toute signification ; il rêve d'ambiance dominicale en pays oublié, loin des autres, de leur cynisme, de leur course haletante. Peut-on, à force d'amour, suspendre la galopade de nos pensées et du sang dans nos veines ?

Il remarque une ouverture sur sa gauche. Elle ne comporte pas de porte. C'est comme un trou dans la voûte où l'on devait entreposer du matériel destiné aux accostages. Il y pénètre, trouve effectivement une gaffe brisée, un rouleau de cordages usés, et jusqu'à une bouée de sauvetage noircie par l'humidité.

Il aperçoit en outre un drapeau italien frappé de l'écusson de Venise. Il pense qu'à une époque pas si lointaine, le palais Grazioli devait connaître une opulence que les temps nouveaux ne lui permettent plus. De nos jours, ces immenses bâtisses sont divisées en appartements, les anciens maîtres se réservant quelques pièces d'apparat qui s'étiolent sous leurs dorures écaillées.

Comme il s'apprête à quitter cette grotte artificielle, un taxi-vedette s'arrête devant l'embarcadère. Son réflexe est de se dissimuler dans le réduit obscur. Il risque tout de même un œil en direction du canot et reconnaît l'oncle de Giulietta, en costume léger beige clair. Ce dernier règle sa course au pilote. Deuilh trouve sa ressemblance avec Fernando Rey davantage marquée que lorsqu'il était nu dans la chambre de sa nièce. Il a l'aspect d'un notable grincheux. C'est un homme tranchant, sans doute irascible, qui fait trembler ceux qui le servent.

Il saute sur le vétuste ponton et regarde le Riva verni se décoller en brassant l'eau verte avec un grondement de fureur; puis il passe le portail en haillons et se dirige vers la cour baignée de soleil, à pas prudents, à cause du sol glissant. Ces grandes dalles de pierre sont traîtresses; visqueuses par endroits. De temps à autre, le flot apparemment paisible de la lagune a une poussée et opère une remontée dans les palais qu'il tapisse d'algues huileuses.

Lorsqu'il parvient à hauteur du réduit ouvert dans le tunnel du porche, le *signor* Oreste perçoit un léger bruit et s'arrête. Des rats, probablement? Venise en est pleine. D'énormes surmulots à longue queue et aux yeux rouges qui défient n'importe qui avec l'insolence que donne le nombre.

Peu soucieux de débusquer les hôtes redoutables de son palais, Grazioli presse le pas; mais le bruit qu'il vient d'entendre se répète, plus présent.

Une brusque notion de grand danger lui commande d'accélérer encore sa marche.

D'instinct, il rentre la tête dans ses épaules. Et soudain une monstrueuse explosion interne disloque tout ce qui existe de cohérent en lui. Un lambeau de lumière rouge fait place à sa vision; puis s'anéantit rapidement. Il meurt.

22

Ce qui surprend le plus Deuilh, c'est le profond détachement qu'il éprouve. Cela confine au bien-être. Il se croit délivré, en complète harmonie avec l'univers.

Il tient son arme étrange serrée dans sa main poisseuse de sueur : une haltère d'environ deux kilos ayant servi à sa rééducation après une fracture du poignet. Quand il a décidé d'anéantir le tuteur de Giulietta, pas un instant il n'a envisagé un autre mode d'exécution que cette petite masse de fonte. Une mort propre. Une mort de bovidé. Il avait l'une des deux boules noires bien assurée entre ses doigts puissants (qui ne sont pas des doigts d'écrivain, on le lui a souvent dit) et il a frappé de toutes ses forces la nuque du gros homme. Il y a eu un choc mou qui a meurtri son épaule. Un simple geste d'intense violence, et le vieillard a trépassé. Il gît sur les dalles limoneuses, légèrement en biais. Du bout du pied, Deuilh le fait rouler complètement sur le dos, espérant que la thèse d'une mauvaise chute s'imposera d'elle-même.

En somme, sa situation est simple : s'il parvient à quitter les lieux sans être vu, cette mort paraîtra naturelle.

Il remet posément l'haltère dans sa sacoche à accessoires. Un moment, la pensée lui vient de repartir par l'extérieur en suivant l'étroite bande servant de trottoir et qui va du seuil du palais à la place de l'église. Tout compte fait, il renonce, préférant l'ombre au soleil. Il marche jusqu'à la cour du palais. Personne. Exceptée la rumeur grondante des canaux, tout est paisible.

Par précaution, il tient son appareil photo, gaine rabattue, devant lui, comme un bouclier dérisoire, et débouche dans la lumière, d'une allure de touriste flâneur. Il s'efforce de ne pas regarder autour de lui. Toute précipitation risquerait de le trahir. Il contourne l'escalier, marche au portail délabré, s'offrant le luxe de photographier la balustrade dont les motifs représentent des dauphins entrelacés.

Il sort d'un pas mécanique d'homme qui redoute d'être hélé.

Son cœur bat trop fort. Il sent monter en lui une nausée. Son poignet a des élancements consécutifs au coup terrible qu'il a porté à Oreste Grazioli.

N'est-ce pas le pire mal que celui qu'on s'inflige en tuant autrui ?

Lorsqu'il a franchi l'immense portail, il s'estime sauvé et une confuse gratitude s'épanouit en lui.

Un cri de femme, joyeux, le fait se retourner. Le saisissement le paralyse quand il avise l'Allemande de Cuneo et son époux, à quelques pas de lui.

Elle porte un short rose, trop serré, qui lui pénètre dans la raie des fesses, un top court de même couleur et des chaussures de toile à semelle épaisse. Elle braque sur Jérôme un appareil photographique dont il perçoit le déclic.

Son cliché pris, elle s'approche, suivie de l'époux. Exclamations de joie, poignées de main. Ahuri par cette rencontre, Deuilh pense qu'il se berçait d'illusions quand il espérait avoir quelque peu travesti son apparence. La chienne teutonne l'a immédiatement reconnu. Elle lui explique qu'elle l'a repéré avant son entrée dans la cour du palais et qu'ils ont attendu sa sortie.

Elle parle, dans son anglais scolaire, avec cette volubilité des donzelles désireuses de briller, raconte « leur Venise » : l'hôtel où ils sont descendus, leurs excursions, le vol de leur caméra... Jérôme est pris de vertige. Il songe à son image enfermée dans le Nikon de l'Allemande.

Ils se remettent en marche et traversent la place, blanche sous le soleil, avec son pavage brûlant où quelques pigeons, transfuges de San Marco, picorent l'on ne sait trop quoi. Il louche sur sa montre. Dans un peu plus de deux heures il y a un vol pour Paris qu'il ne veut pas rater, maintenant que « sa mission » est accomplie. Son mal de crâne qui faisait relâche depuis plusieurs jours est revenu, plus impitoyable que jamais. Un kaléidoscope brasse des images inachevées dans sa tête. L'Allemande parle de plus en plus vite. Son époux est bourru et semble leur en vouloir de s'exprimer en anglais.

Deuilh n'a d'yeux que pour l'appareil qui se frotte sur l'indécent nombril de la femme. Il se rappelle son sexe gras (le mot « copieux » lui vient). Il la hait avec une telle violence qu'il en tremble. Il voudrait se saisir du Nikon et le fracasser sur les dalles surchauffées. Une espèce de fantasmagorie lui fait voir sa propre gueule prisonnière de la boîte noire. C'est son visage à lui ; il ne veut pas le laisser traîner sur le ventre de cette truie. Il refuse qu'elle l'emporte en Allemagne.

Il marche sans l'écouter, regardant leurs trois ombres ridicules s'allonger sur le sol. Le campanile se remet à tinter.

– Voulez-vous que je vous prenne en photo, tous les deux ? propose-t-il, soudain. Avec l'église en fond, c'est une des plus belles de Venise...

Elle est ravie, traduit à l'époux qui accepte, maussade.

– Je vais utiliser le vôtre, décide-t-il, ainsi vous aurez les clichés avec vous.

Il dépose la sacoche contenant l'haltère sur le sol,

comme soucieux d'avoir sa liberté de mouvements; ce faisant, il leur tourne le dos et ouvre l'arrière du boîtier, puis le referme. Voilà : les images qu'il contenait sont anéanties. Une tristesse insurmontable s'étale en lui. Il a conjuré ce qu'il croyait être un danger sans pour autant se rassurer. Il n'aime pas que ce couple soit venu se mettre dans ses jambes au moment où il supprimait Oreste Grazioli. Cette présence des Allemands l'a déstabilisé; en lui causant un sentiment de doute qu'il va avoir beaucoup de mal à chasser de son esprit.

Il tire trois photos avec l'appareil « en bois » avant de le leur restituer et les quitte sur la promesse de les appeler à l'hôtel *Cipriani* où ils résident. Inutile de leur préciser qu'il va regagner Paris séance tenante.

Dans la vedette qui l'emmène, il se détend quelque peu. Assis à l'arrière, après avoir traversé l'habitacle sur toute sa longueur, il regarde la fuite des merveilleux immeubles le long de l'eau sombre. L'enchantement de Venise met un léger apaisement dans son esprit malmené. Quelque part, l'oncle Oreste gît sur les pierres gluantes. Giulietta vient d'être enfin libérée de son odieuse férule et va bientôt commencer sa vie de femme. Il reste encore à l'affranchir de la tutelle de Caterina, mais il veut se persuader que sans la salace autorité de son frère elle deviendra plus malléable.

L'odeur d'essence brûlée et d'huile chaude se mêle à celle de l'eau croupie. Brusquement, il ouvre son étui à accessoires, y récupère l'haltère et la lâche dans les abysses opaques du Grand Canal. Sur l'instant, il n'avait pas éprouvé le besoin de s'en débarrasser. La masse de fonte s'engloutit dans le bouillonnement créé par l'hélice.

« A tout jamais » pense-t-il. Il médite sur la signification de ces trois mots brefs. Est-ce que cela existe, à tout jamais ?

23

Comme il avait un peu d'avance à l'aéroport Léonard de Vinci il a appelé Martin Simens pour lui proposer de dîner avec lui, le soir, sans lui préciser le lieu où il se trouvait.

A 9 heures, ils sont réunis chez Guy Savoy, rue Troyon. Le Gaulois, croyant lui faire plaisir, a demandé à Édith Chavran de se joindre à eux. Lui-même est accompagné de sa dernière conquête, une grande fille belle et sage, un peu sotte, comme il les aime, d'une élégance flatteuse pour un habitué des lieux à la mode.

Gavé de cachets, Jérôme souffre un peu moins de ses névralgies qui font place à un aimable abrutissement. La compagnie de ses amis lui chauffe l'âme. Il décide de boire pour fêter la mort d'Oreste Grazioli. Ce meurtre ne lui crée aucun complexe et lui apporte au contraire l'allégresse de la délivrance. Son poignet, meurtri par la violence du coup porté à l'oncle incestueux de Giulietta lui fait très mal. Par instants, il le masse subrepticement. Cette douleur engendre chez lui un sentiment jubilatoire, elle constitue son faible tribut à la fin du sale bonhomme.

Au retour de Venise, il a téléphoné au palais Rizzi. Il est tombé sur Palmira, la domestique, et n'a pas compris grand-chose à ses « jargonades », sinon que ces dames étaient absentes. Il l'a priée de leur signaler son appel et n'a pas insisté. Étaient-elles déjà au courant du décès d'Oreste ? Probablement pas. Sous la voûte menant au canal il ne passe pratiquement personne et il n'est pas impossible que le corps du vieux y gise encore.

– Comment le trouves-tu ? demande le Gaulois.

Deuilh lui accorde un regard de dormeur réveillé en sursaut.

– Pardon ?

– Ce bordeaux ? Un Saint-Julien exceptionnel que Guy a mis de côté pour moi.

– Fameux.

Il trempe derechef ses lèvres dans le breuvage aux couleurs de pierre précieuse.

– Je le connais : il pense à autre chose ! assure Édith avec un petit rire triste.

Pour elle « penser à autre chose » signifie « penser à quelqu'un d'autre » et cette perspective attise la mélancolie qui la point chaque fois qu'elle est en compagnie de l'écrivain. Vieille histoire d'amour défraîchie, terminée à peine que commencée, et qui a laissé place à une amitié pleine de ferveur, de son côté à elle. Elle s'est fait une raison. Ce lien « du deuxième type » est au moins durable.

En tout cas, son diagnostic est juste : Jérôme pense effectivement à autre chose ; à beaucoup d'autres choses. Il évoque son bref voyage à Venise, effectué entre deux avions. En quittant Paris, il savait que ce serait bref. Que tout s'opérerait dans un espace de temps extrêmement court, ainsi qu'il le souhaitait. Il est l'homme des prémonitions.

La grande sauterelle de Martin refuse le somptueux amuse-gueule chaud qu'on lui propose sous prétexte « qu'il y a de la crème dedans ». L'éditeur s'en empare, réjoui de l'aubaine.

La fille se prénomme Isabelle. Elle est visiblement intéressée par Jérôme. Il a toujours beaucoup de succès auprès des filles sophistiquées, à cause de son côté « gentleman ».

Elle lui dit qu'elle a pris un de ses bouquins dans le bureau de Martin, un gros pavé consacré à l'histoire des Templiers et qu'elle va le lire. Il sait qu'elle ne le fera jamais parce qu'elle est beaucoup trop futile pour consacrer son temps et son attention à un sujet aussi grave ; mais sans doute croit-elle qu'il a écrit un ouvrage romanesque ? Il ne la détrompe pas. Il s'en moque.

Toute son énergie est vouée à Giulietta. Il l'imagine dans sa vaste chambre sinistre où elle peint des carrés de soie. Il revoit son immense lit à colonnes que souillait ce vieux salaud vénitien. Quel bonheur d'avoir supprimé ce profanateur bedonnant à la peau blafarde. Son meurtre est à ses yeux une œuvre réussie. Il songe que, dans certains cas d'exception, détruire est aussi important que créer.

La soirée est languissante malgré l'entrain du Gaulois et la chère de qualité ; malgré le Saint-Julien exceptionnel ; malgré le genou insistant d'Isabelle et le long regard d'Édith.

Il les informe de son départ, le lendemain matin, pour l'Italie. Devant Édith, l'éditeur se retient de lui parler de ses amours ; il le presse seulement d'avancer son étude. Il a déjà commencé une précampagne pour annoncer le livre et il apprend à Deuilh que, contrairement à ce qu'on pouvait craindre, un certain intérêt se manifeste chez les médias, le titre *L'art fasciste* se montrant inexplicablement porteur.

Cette annonce stimule l'écrivain. Il se voit déjà parcourir l'Italie en compagnie de Giulietta. Au début, ils s'installeront à Rome où il trouvera « le gras » de son sujet. Il rassure le Gaulois et demande un taxi.

***

Depuis le palier, il perçoit la sonnerie de son téléphone. Il sait qui l'appelle à cette heure tardive, s'efforce de calmer le brusque affolement de ses mouvements. Laissant la porte palière ouverte, il se rue sur le poste du séjour, décroche au milieu d'une stridence de l'appareil.

– J'écoute ! lâche-t-il dans un râle.

– C'est moi ! balbutie Giulietta.

– Je le savais !

– J'ai déjà appelé deux fois dans la soirée.

– Je dînais avec mon éditeur.

Elle marque un silence, puis lâche tout de go :

– L'oncle Oreste est mort.

A Deuilh de jouer maintenant. Il va devoir imiter la stupeur, inventer une certaine forme de compassion hypocrite, sans dissimuler qu'elle est hypocrite.

– Quand ?

– Cet après-midi...

– Un infarctus ?

– On ne sait pas encore. On l'a retrouvé dans l'entrée de son palais, on pense qu'il a glissé sur les dalles mouillées. *Zia* Caterina est partie pour Venezia en voiture avec Gastone.

– Et vous ?

– Moi, je reste à Cuneo.

– Vous n'irez pas aux obsèques de votre oncle ?

– Non.

– A cause de sa femme ?

– Oui.

– Elle savait, pour vous deux ?

– Elle nous avait surpris, un jour.

– Je t'aime !

– Moi aussi.

– Je viens.

– Quand ?

Il consulte la pendulette posée à côté du téléphone.

– Le temps de refaire mes valises ; j'arriverai dans la matinée.

– Vous n'allez pas dormir un peu avant de partir ?

– Non.

– Et si le sommeil vous prend en route ?

– En ce cas je m'arrêterai. J'ai l'habitude de rouler la nuit. Quand je me sens inapte à conduire, je stoppe sur un parking, j'incline mon dossier et je dors une heure.

Elle profère alors une phrase toute simple, banale, mais qui le plonge dans la félicité :

– Soyez prudent ; n'allez pas trop vite.

Combien de fois une femme lui a-t-elle adressé cette recommandation... Il l'écoutait d'une oreille distraite, y répondait machinalement. Et voilà qu'elle l'emplit d'une étrange ferveur, au point qu'il aimerait pouvoir pleurer.

– Mon petit oiseau, balbutie-t-il. Mon petit oiseau.

Puis, brusquement et d'un ton pathétique :

– Vous avez de la peine ?

Elle ne répond pas.

– Dites-moi la vérité, Giulietta, quelle qu'elle soit, je comprendrai.

– Non, dit-elle, je n'ai pas de peine et je crois même que je suis contente.

24

Chose étrange, il roule moins vite en allant la rejoindre que lorsqu'il l'a quittée pour se rendre à Paris. C'est que « sa besogne » est faite. Désormais « il a le temps », l'existence peut baisser de rythme. A pareille heure, l'autoroute est mieux que dégagée : pratiquement déserte.

La nuit est tiède, rutilante d'étoiles. Il n'en a jamais tant vu et médite sur le grand mystère silencieux des autres planètes. En considérant la Voie lactée, il mesure notre monstrueuse solitude humaine et s'apitoie sur notre sottise qui nous fait gaspiller cette existence unique, en criailleries et gesticulations. Lui-même vient de supprimer un individu dont la vie lui était insupportable, brisant ainsi la chaîne sacrée. Mais cette pensée ne l'émeut pas outre mesure. Il porte sans faiblesse son asasssinat et en tire secrètement orgueil. Il a, pour elle, terrassé le démon.

L'air de la vitesse, atténué par le coupe-vent arrière, rafraîchit sa tête en feu. Il avait projeté de prendre rendez-vous avec son neurologue, mais les circonstances ne s'y sont pas prêtées; tant pis : il ira le consulter plus tard.

Les kilomètres s'additionnent au compteur. Il branche la radio, mais lorsque la voiture est décapotée, l'audition n'est pas fameuse.

Ses douleurs encéphaliques ont au moins cela de bon : le

tenir éveillé. Il renonce, de ce fait, à avaler quelque calmant.

Sa soirée avec ses amis lui a paru morne. Il ressent pour eux, qui pourtant lui paraissaient si chers, une désaffection grandissante. Il a passé le repas à chercher quelque chose à leur dire qui ne soient pas des banalités parisiennes. Pourtant l'époque n'est pas loin où il ne pouvait rester quarante-huit heures sans rencontrer, ou, pour le moins, entendre le Gaulois. Au cours du dîner, chez Savoy, il le regardait et l'écoutait comme il aurait regardé et écouté n'importe laquelle de ses nombreuses relations. Quant à Édith, il l'a jugée plus ou moins boudeuse ; elle est probablement jalouse.

Au loin, un vaste panneau illuminé troue la nuit. Lorsqu'il s'en est suffisamment rapproché, il lit :

LA STATION DE LA PIERRE BLANCHE
EST OUVERTE
12 kilomètres

Ce renseignement routier le mobilise brutalement. Il se produit de plus en plus fortement un horrible grincement d'acier sur acier, dans sa tête. D'instinct, il lève le pied. Une bouffée d'émotion, telle une nuée ardente, embrase son cerveau. Il a mal à en crier. L'aiguille du compteur dégringole rapidement et le voilà qui se met à rouler comme un convoi funèbre.

« La station de la Pierre Blanche. » Pas un instant il n'y a songé en regagnant Paris. Il est vrai qu'elle se trouvait alors dans le sens contraire à sa destination. Mais tout de même...

Il remet un peu de vitesse. A cette allure pourtant, il peut percevoir les bruits de la nuit. Un somptueux concert d'insectes et d'oiseaux auquel se mêle, par brèves bouffées, un souffle de vent.

Les kilomètres défilent au ralenti. Et puis, dans l'horizon nimbé de brume, l'aire de la « Pierre Blanche » met un embrasement orangé.

Il s'en approche, troublé parce qu'il ne la reconnaît plus. Lorsqu'il s'est arrêté, pour la première fois, c'était également de nuit et elle était en chantier. Les colonnes d'essence ne s'y trouvaient pas encore et des bétonneuses encombraient cette aire de stationnement.

Il a de la peine à admettre qu'en quelques semaines, cette station soit devenue opérationnelle, avec sa forêt de pompes « design », ses caisses futuristes placées à l'extrémité de chaque travée, son éclairage fluo, son bâtiment de verre et de bois de teck en cours d'aménagement, son vaste parking pas encore réalisé, mais dont on promet, par panneaux enchanteurs, qu'il sera bientôt terminé, fleuri et ombragé; paradis pour une brève halte dans des vapeurs d'essence.

Deuilh pénètre dans l'immensité silencieuse. A partir d'une certaine heure, seuls quelques postes à cartes de crédit desservent les noctambules. Il consulte le cadran de sa jauge, constate que son réservoir sera bientôt vide et décide de refaire le plein malgré sa réticence à jouer les pompistes.

Pendant que le carburant coule en ronronnant dans la 600 SL, il considère la station en supputant l'endroit précis où gît le corps de Laurence. Il existe une triple rangée de fosses parallèles et, la nuit où il s'est « défait » d'elle, il restait un tel matériel sur le chantier, tant d'engins différents, qu'il n'a plus exactement en mémoire la citerne dans laquelle il a enfoui son épouse.

Depuis plusieurs jours, elle lui menait la vie dure, exigeant des sommes « provisionnelles » difficiles à réunir. Il lui avait annoncé son voyage en Italie et Laurence devenait enragée.

La veille de son départ il s'est brusquement décidé à en terminer. Il a beaucoup réfléchi à son acte depuis et a fini par comprendre que c'est l'esprit de vengeance qui l'a animé. La trahison (il trouve le mot ridiculement théâtral) de l'épouse l'avait déstabilisé et mis en faillite morale. Fou d'orgueil mais d'un orgueil discret, il s'est vite aperçu que seule la disparition de l'infidèle (autre terme pour midinette) pouvait lui rendre son équilibre.

Ce soir-là, la pulsion déterminante lui est venue. Il a mis ses bagages dans sa voiture et s'est rendu au studio qu'elle venait de louer. Pour que son projet réussisse, il fallait absolument qu'elle l'accompagne immédiatement sans avoir l'opportunité de téléphoner à quiconque. Elle venait de se coucher et portait une veste de pyjama et une petite culotte comme vêtements de nuit. Il a déclaré qu'il acceptait de lui verser une grosse somme en à-valoir sur sa part des biens conjugaux. Pour cela, ils devaient se rendre à Genève afin de vider son compte à numéros. Puisqu'elle tenait tant à l'argent, elle n'avait qu'à l'accompagner à sa banque suisse. Elle toucherait son dû et rentrerait aussitôt à Paris tandis qu'il continuerait sa route pour l'Italie. Habituée aux foucades de son mari, elle opposa peu d'objections, s'habilla, s'arma d'un beauty-case et le suivit.

Ce fut d'une simplicité quotidienne. Deuilh se sentait à l'aise, presque enjoué. Sur l'autoroute, ils devisèrent comme un couple qui découvre l'amitié après l'amour. Ils en arrivèrent même, tant était cordiale l'ambiance, à se confier leurs projets d'avenir. Laurence révéla à son mari qu'avec l'argent qu'il allait lui remettre, elle créerait un petit institut de beauté en province. Elle n'appréciait pas Paris, sa vie trépidante et futile, non plus que les relations qu'on peut s'y faire et qui durent le temps d'un caprice.

Jérôme l'encourageait dans son dessein. Mais tout en soutenant la conversation il se demandait comment « en finir ». Il avait tendance à s'en remettre au hasard et ce fut effectivement le hasard qui résolut son problème. Pareille à la plupart des femmes, Laurence manquait d'autonomie du point de vue vessie. Après quelques heures de route, elle demanda à s'arrêter. Son époux lui promit de stopper à l'aire de repos la plus proche. Presque aussitôt, il y eut le chantier, plus ou moins éclairé par deux projecteurs encadrant le panneau qui annonçait la construction en cours d'une station modèle. Deuilh pénétra sur cette aire malgré l'interdit. Il faisait nuit noire au-delà du grand panneau illuminé. Un ciel boursouflé et bas grouillait de nuages menaçants. Exactement le cadre qui convenait à son projet. Pendant que Laurence s'isolait, il prit l'haltère dans la poche de la portière et descendit de l'auto.

Non, vraiment, il lui est impossible de déterminer sous quelle rangée de pompes se trouve le corps de Laurence.

Mais qu'importe ? Elle est là, à quelques mètres de profondeur, baignant dans l'essence. Il n'a aucune notion de chimie et ignore si le pétrole corrode les tissus humains ou si, au contraire, il les conserve. Cette cuve neuve va rester en service pendant des années et il est probable que quand on la remplacera, la morte se sera transformée en une masse résiduelle. Il n'éprouve aucun remords à imaginer cette trajectoire chimique d'un être qu'il a tenu dans ses bras et auquel il a dit des mots d'amour. Le cycle de l'azote ! Il accepte pour les autres ce à quoi il consent pour lui-même.

Il remet le bec verseur en place et referme son réservoir.

Giulietta l'attend.

25

Il abandonne sa Mercedes sous un panneau interdisant le stationnement, comptant sur ses plaques étrangères, pour amadouer les policiers de Cuneo. Il pousse la témérité (ou l'indifférence) jusqu'à laisser ses bagages à l'intérieur. Il n'a pas la force de remiser la voiture dans la cour qui lui tient lieu de garage, tant il est exténué. A se demander comment il a pu parcourir les cent derniers kilomètres avec un tel mal de tête. Une fatigue proche de l'extrême épuisement fait de chacun de ses mouvements un exploit.

Il se traîne jusqu'au palais Rizzi. Palmira, au courant de sa venue, devait l'attendre en époussetant les meubles de l'entrée car elle ouvre presque immédiatement. Le large sourire de l'ancillaire s'éteint sur sa face crétine en voyant Jérôme. Elle balbutie quelque chose qui doit être en rapport avec sa mine défaite. Il n'a à lui proposer en retour qu'une grimace. De lui-même il se dirige vers l'escalier qu'elle l'aide à gravir. Chaque degré est celui d'un calvaire. Il a honte de se présenter une fois de plus devant Giulietta dans cet état. Quel curieux amoureux : égrotant, titubant en pleine ruine physique.

La servante frappe à la porte du fond et ouvre sans attendre.

Il puise dans ce qui lui reste d'énergie pour opérer une

entrée convenable. Il s'attendait à la trouver devant son ouvrage, mais elle est au lit.

Palmira a refermé la porte, il s'avance vers la couche dont le baldaquin, dans la lumière grise, a des allures d'échafaud.

La pénombre dissimule qu'il est au bord de la défaillance. Elle est lovée sous le drap dans une posture un peu animale. Deuilh vient s'asseoir au bord du lit, comme il l'a déjà fait naguère. L'adolescente ne bouge pas, garde sa joue posée sur son bras replié; mais il la voit sourire.

Il soupire :

– Enfin!

Elle dit simplement :

– Viens!

Avec des gestes épuisés, il commence à se dévêtir, brisé mais triomphant, comme au retour d'un interminable exil.

Elle ne bouge toujours pas. Quand il est nu, il tire sur le drap, constate qu'elle l'est également et s'allonge contre elle. Il passe un bras par-dessus son épaule et s'abandonne à une euphorie enchanteresse. C'est un instant prodigieux, si sublime, si parfait, qu'il ne cessera probablement jamais.

La tiédeur de la jeune fille va le guérir de tous ses maux, de toutes ses inacceptables pensées.

Il s'anéantit en songeant qu'il connaît là l'instant culminant de sa vie; que rien ne saura lui apporter bonheur plus total, ni joie d'exister plus infinie.

Lorsqu'il revient à lui, ses maux de tête se sont dissipés et il ne subsiste plus qu'une lourdeur d'esprit dont un café fort aura raison. Sa lassitude, par contre, est totale. Sa main droite qu'il avait posée sur l'épaule de Giulietta étreint à présent l'oreiller. Il perçoit un léger bruit et se dresse sur son séant. L'adolescente est à sa table de travail; elle dessine. Elle n'est vêtue que d'une veste de pyjama.

– Je t'aime ! dit Jérôme.

Elle a une exclamation de surprise heureuse et se précipite vers lui. D'un geste brusque, elle arrache le drap qui le couvrait et entreprend d'embrasser son ventre. Sa posture inclinée ajoute au volume de sa poitrine.

Deuilh regarde en direction de la fenêtre dont les rideaux sont fermés et ne voit aucun rai de clarté.

– Quelle heure est-il ?

– Je ne sais pas : huit, neuf heures !

– J'ai dormi tout ce temps ?

– Tu en avais besoin. Quel bonheur que tu sois là !

Il est surpris et ravi par son tutoiement aisé. Elle a dû l'employer au cours de son absence, par la pensée, et à présent il est acquis ; elle en use spontanément.

Elle se met tête-bêche pour placer son sexe sur son visage. Il approche sa bouche des lèvres délicates qu'elle lui propose avec une si totale impudeur qu'elle rejoint l'innocence.

Alors il lui fait l'amour, lentement, pour mieux la savourer.

Il se prodigue corps et âme, ardent et inspiré, sans rechercher d'assouvissement. Il veut la prendre le plus tard, puis le plus longtemps possible. Par instants, la technique de sa partenaire l'oblige à penser que son salaud d'oncle l'a bien initiée. Mais il chasse les viles images de son esprit. Que s'abolissent le passé, les misères infligées à une fillette livrée aux bas instincts d'un salaud ! Même si elles sont indélébiles, il les veut révolues.

Ils vont s'aimer frénétiquement pendant un temps infini, jamais rassasiés l'un de l'autre, la vigueur revenant inlassablement.

Quand, après plusieurs heures de ce miraculeux tournoi, ils gisent sur la couche, jetés comme des corps sans vie dans cette embarcation saugrenue qu'est l'immense lit à colonnes, ils ont la sensation de s'être arrachés de leur enveloppe charnelle.

Plus tard, il revient à la réalité. Il est mort de faim, mort d'une faiblesse qui lui apparaît insurmontable. Giulietta le comprend sans qu'il ait besoin de parler. Elle l'entraîne à l'office qu'il ne connaît pas. Il sont toujours nus et ne songent pas à se couvrir car la nuit est chaude et leurs corps sont moites.

La cuisine est vaste, délabrée. Elle n'a pas été repeinte depuis plusieurs décennies. Des placards muraux aux portes moulurées lui conservent pourtant un aspect noble, ainsi que la cheminée à la hotte gigantesque. Des landiers de fer forgé et des chenets de fonte ajoutent à cette noblesse.

Il la regarde s'activer avec un sentiment de reconnaissance. Son rêve est pleinement réalisé : elle est à lui, totalement. En cet être incomplètement adulte, sont réunis la grâce de l'adolescence et la plénitude de la femme. Délicate par les membres, elle connaît par sa poitrine et ses hanches, un début de maturité.

Elle sort des couverts, des verres et tous les accessoires élémentaires de la table qu'elle dispose face à face sur le plateau luisant d'encaustique. C'est une table de réfectoire, longue et massive, avec un piétement qui défie les siècles.

Bientôt, il voit s'accumuler une corbeille pleine de bon pain, un plat d'aubergines macérées dans l'huile, un autre de champignons, un reste de ragoût, des fromages joyeux agrémentés d'étiquettes aux couleurs italiennes, des salamis découpés en tranches minces. La bouteille qu'elle apporte peu après est emplie d'un vin mousseux à l'écume violette. Ils se mettent à manger en se contemplant follement. Ce premier repas pris à deux reste un acte d'amour, il s'accompagne d'une gestuelle qui prolonge leurs étreintes; c'est le même déferlement voluptueux qui se poursuit *autrement*.

A un moment donné, elle quitte sa place pour venir se placer à califourchon sur ses jambes, recueillir dans sa main son sexe abandonné et le frotter doucement contre le sien jusqu'à ce qu'il retrouve vigueur. Il la prend à nouveau parmi les victuailles dont il a encore la bouche pleine en la pénétrant.

Leurs amours tumultueuses réveillent Palmira, qui dort dans une pièce contiguë à l'office. L'idiote survient dans une grossière chemise de nuit de paysanne chaste et les observe sans concupiscence, mais avec un intérêt tranquille, comme elle devait, jadis contempler les bêtes en train de s'accoupler dans son village piémontais.

Dans leur furia, les amants renversent la bouteille de vin. Palmira s'empresse de la relever et de la déposer loin de la zone de turbulence du couple. Giulietta émet des cris, des plaintes, de brefs sanglots qui résultent de la jouissance. Un ultime spasme conclut sa délivrance. Elle reste foudroyée sur la grosse table encombrée.

Jérôme se sépare d'elle et l'admire, morte de plaisir, les jambes ouvertes, les bras inertes le long du corps, la tête inclinée sur le côté. Puis il regarde la servante, sans ressentir de gêne. Il n'est pas question de voyeurisme dans l'affaire. Elle vient d'assister paisiblement à la conclusion de leur étreinte qui est un acte de la vie ordinaire.

Au bout d'un instant, elle va prendre la bouteille de vin qu'elle avait sauvée du péril et la replace sur la table, près des fesses de la fille anéantie.

Jérôme s'assied et pose sa joue sur la cuisse de l'adolescente. Il se sait enfin heureux. Jamais une femme ne lui avait vraiment appartenu.

Tout commence.

26

Il connaît plusieurs jours rares. Sans doute en avait-il rêvé dans ses grands moments de vagabondage mental ? Il traverse parfois des « zones d'absence absolue », pendant lesquelles il est muré en lui-même, aux prises avec l'essence de sa vie. Il lui semble alors qu'il s'aventure dans une quatrième dimension où stagnent tous les mystères. Il les frôle ; croit les deviner, forme l'espoir fou de les percer peut-être, à force de concentration silencieuse.

La notion de durée est abolie. Les nuits chevauchent les jours. Rien ne rythme plus leur existence ; pas même la faim ni le sommeil. Dormir n'est qu'un instant d'abandon supplémentaire ; manger un plaisir fortuit. Ils s'aiment.

Et pendant ce temps-là, on organise les funérailles de l'oncle Oreste dans la ville des Doges ; le mort devait compter parmi les personnages importants de la Vénétie, de l'Italie même, car elles font l'objet d'un grand déploiement d'honneurs et d'un fort rassemblement de personnalités. La *zia* Caterina qui appelle sa nièce chaque jour l'informe des préparatifs en cours. Soucieuse d'aider sa belle-sœur, elle ne regagnera Cuneo que la semaine suivante.

La jeune fille met Jérôme au courant des événements,

sans émotion. Elle parle de l'oncle défunt comme d'un anonyme et, à l'entendre, on ne saurait imaginer qu'ils furent amant et maîtresse.

Elle ne révèle pas à sa tante la présence du Français sous leur toit, se réservant de la lui apprendre la veille de son retour. Elle redoute sa réaction et tient à prolonger leur lune de miel le plus longtemps possible.

Le téléphone retentit assez fréquemment au palais. C'est Palmira qui est chargée de répondre. Elle répète chaque fois que « ces dames sont absentes pour cause de décès ». Deuilh ne comprend rien à son jargon qui décourage vite les correspondants de l'extérieur.

Depuis son retour de Paris, il n'est sorti qu'une seule fois, pour aller prendre ses valises dans la Mercedes au pare-brise occulté d'amendes, et conduire le véhicule jusqu'à l'impasse où il la remisait. Il promet à sa jeune maîtresse de l'emmener dans quelque *trattoria* des montagnes avoisinantes, mais ils remettent sans cesse cette sortie à plus tard, sachant que rien ne saurait leur donner davantage de joies que cette chambre où ils s'aiment à perdre haleine.

Ils ont pris l'habitude de vivre nus dans la vaste pièce. Parfois, Jérôme écarte le rideau de la fenêtre, histoire de s'assurer qu'il fait jour; il lui est arrivé d'apercevoir la vieille d'en face, aux aguets à la demi-fenêtre de son ex-bibliothèque. Alors, pour la braver, exciter son courroux, il est sorti nu sur la galerie, son sexe guilleret battant la mesure et lui a joué cette séance d'exhibitionnisme avec une cruelle impudeur.

– *Signorina! Signorina!*

L'appel les tire de la léthargie dans laquelle ils se sont engloutis. Giulietta se lève, il a pour elle un regard lourd de chien assoupi près de l'âtre. Il est fasciné par ses fesses bien rondes, dures et lisses, par sa démarche aérienne et sa nuque précieuse.

Elle va ouvrir. La servante lui chuchote quelques mots. La jeune fille pousse une exclamation et se précipite hors de la pièce sans le moindre vêtement.

– Qu'est-ce qu'il se passe ? demande Jérôme à la cantonade.

Mais personne ne lui répond.

Il s'assied au bord du lit, troublé. S'agit-il du retour inopiné de Caterina Conte ? Si c'était le cas, Giulietta aurait passé une tenue. Sa perplexité est de courte durée car sa jeune maîtresse réapparaît déjà, la mine défaite.

– Une de mes amies est au plus mal, il faut que j'aille à son chevet.

– Elle habite Cuneo ?

– Non : Centallo, à une vingtaine de kilomètres.

– Je vais t'y conduire.

– Mais non : j'ai ma mobylette.

– En pleine nuit ! Pas question !

Elle ne proteste pas et se hâte de s'habiller. Deuilh en fait autant. Ils partent dans la tiédeur des ténèbres. Le visage désemparé de l'adolescente lui déclenche une mortelle angoisse.

– Je ne savais pas que tu avais des amies ici, murmure-t-il en gagnant l'impasse qui lui sert de garage.

Elle est trop prostrée pour répondre. Une fois dans la voiture, elle lui indique la route à prendre. Ils quittent la cité par le Viadotto Soleri sur lequel passent la route et la voie ferrée. Elle se tient accagnardée contre la portière, les mains croisées sur ses cuisses. Il se dit qu'elle est en train de prier.

Ils passent devant des stations d'essence fermées. Puis c'est une semi-campagne où alternent les champs et les zones industrielles.

– Ton amie, tu l'as connue ici ?

– Oui. Nous prenions des cours ensemble.

– Des cours de quoi ?

Elle ne répond rien. Il voit des larmes dans ses yeux. Alors il caresse son genou en un geste de réconfort, mais elle dérobe sa jambe, nerveusement. Il n'insiste pas.

Un quart d'heure s'écoule avant qu'ils atteignent le panneau indicateur annonçant Centallo. Tout est désert. Les lumières de la petite ville sont blafardes dans la nuit claire. Elle le prie de tourner à droite. Ils suivent la rue principale aux boutiques closes. Soudain, en passant devant l'église, elle pousse un grand cri et lui dit de stopper. Il obéit sans comprendre.

– Qu'y a-t-il ?

Elle lui désigne un chat intéressé par des détritus.

– Fais demi-tour ! On prendra l'autre rue.

Il s'exécute, ahuri.

– A cause du chat ?

– Il est noir !

Il n'a pas le courage de moquer sa superstition. Elle l'attendrit, au contraire car l'amour rend indulgent.

Ils parviennent enfin devant une maisonnette qu'escalade une vieille vigne noueuse. C'est l'unique demeure éclairée. Une Fiat bleue stationne devant la porte, la voiture d'un médecin si l'on en juge à sa croix verte.

Sa compagne lui demande de l'attendre ; troublé, il la regarde s'envoler de la 600 SL comme un oiseau de sa cage ouverte.

Cette visite nocturne le déconcerte, à présent qu'il est seul. Il imagine mal qu'on alerte en pleine nuit une camarade d'études sous prétexte qu'on est malade.

Le moteur coupé prive la voiture d'air conditionné. Deuilh en sort et s'assoit sur un muret de ciment.

Le pampre de la vigne passe à travers la grille rouillée qui le surmonte. Tout est infiniment paisible en apparence et pourtant un être en péril gît dans cette humble maison, compromettant momentanément l'harmonie qui l'entoure.

Il se demande quelle raison impérieuse a poussé Giulietta à suspendre leur lune de miel pour accourir en pleine nuit dans cette localité.

Il entend un bruit de voix. Un gros type en maillot de corps en raccompagne un autre qui porte une mallette. Ce dernier va à son auto, dépose sa trousse sur le siège passager, et contourne la Fiat pour aller prendre place au volant. Dans le mouvement, il ne peut se retenir d'admirer la Mercedes au passage.

– Je vous demande pardon, docteur, intervient Deuilh, parlez-vous français ?

L'interpellé est un homme assez jeune, mince, dont le nez pointu est chaussé de lunettes.

– Comme ci, comme ça, répond-il avec un sourire.

Jérôme désigne la maisonnette d'un mouvement de tête :

– C'est grave ?

Le médecin hausse les épaules :

– Je ne le pense pas. Mais la fièvre est un élément de panique pour les parents.

Contrairement à ce qu'il vient de déclarer, son français est excellent.

Il ajoute :

– Chez les bébés, elle constitue presque un langage. Bonne nuit, monsieur.

Durant quelques secondes, les feux arrière de la Fiat illuminent la petite rue d'une lumière sanglante avant d'être absorbés par la voie perpendiculaire.

L'écrivain reste un moment sans comprendre. Puis il abandonne le mur pour gagner la porte de bois donnant sur le jardinet et pénètre dans celui-ci. Seul le rez-de-chaussée de la maison est éclairé. Il s'approche d'une fenêtre munie de petits rideaux blancs jusqu'à mi-hauteur. Deuilh découvre une pièce à vivre, avec des meubles rustiques, un fourneau qu'on fait briller chaque matin avec un chiffon huileux, une table garnie de toile cirée à carreaux rouges. Dans un renfoncement, se trouve un lit d'enfant à barreaux. A côté du lit, un fauteuil de paille tressée dans lequel est assise Giulietta. Elle tient dans ses bras un bébé enveloppé d'une couverture.

Pourquoi, devant cette image, a-t-il la vision de sa forte poitrine ? Les seins épanouis, dont il s'est repu ces derniers jours, ne sont pas ceux d'une adolescente; il le sentait confusément. Cet enfant souffrant qu'elle serre dans ses bras est le sien. Voilà pourquoi, malgré leur ardente lune de miel, elle continue d'éluder le sujet quand il parle de tout quitter. La réalité laisse peu de place aux rêves.

Un chien proche se prend à aboyer dans le voisinage. Jérôme marche dans la rue inerte; parvenu à son extrémité, il revient à son point de départ, médite un court instant, reprend sa déambulation.

Il sent croître en lui une grande détresse grise. Il était trop heureux, cela ne pouvait durer. Sa rare euphorie dépérit rapidement pour faire place au chagrin et à la haine.

Ainsi, les amours incestueuses du vieux salaud ont porté leurs tristes fruits!

Deuilh regrette ce coup d'haltère porté à la tête de Grazioli. Il voudrait qu'il vive encore pour le trucider à petit feu; le tuer un peu chaque jour, au lieu de l'avoir foudroyé presque à son insu. Il donnerait sa vie pour pouvoir lui arracher la sienne avec des gestes tendres, le faire mourir avec sollicitude, comme d'autres guérissent!

A cet instant, il se remémore des vacances à la campagne, quand il avait sept ou huit ans. Une campagne si lointaine, si perdue qu'on y posait une ligne dont il ne se rappelle plus si elle était destinée à l'électricité ou bien au téléphone. On avait creusé les trous pour recevoir les poteaux et ceux-ci, émaillant le bord de la route, le fascinaient. Et puis il y eut de grosses pluies qui stoppèrent les travaux. Au cours d'une accalmie, l'enfant obtint la permission de faire une promenade en compagnie d'une voisine de son âge. Ils marchèrent le long d'un chemin creux et s'approchèrent des excavations promises aux poteaux dont on avait goudronné la base. A leurs yeux, elles paraissaient vastes et profondes. Aux deux tiers emplies d'une eau jaunâtre, elles ensorcelaient le petit garçon. Il s'imaginait que, déjà, la vie aquatique avait pris possession de ce trou, que des bêtes obscures l'occupaient, étrange compromis entre le poisson et le têtard. Sa camarade le pressait de continuer la promenade; elle était irritée de le voir s'arrêter si longuement devant cette cavité inondée, sans intérêt pour elle.

« – Tu ne vois donc pas les bêtes qui sont dedans ? lui demanda le gamin. »

« – Des bêtes ?

« – Il y en a plein. Tiens, là ! »

Curieuse, elle se pencha. Alors il lui donna une bourrade. Elle chuta, la tête la première et disparut dans la fosse circulaire. Il y eut une sorte de bouillonnement. Les deux pieds chaussés de bottes courtes en caoutchouc s'agitèrent un moment hors de l'eau boueuse, puis s'engloutirent à leur tour et il ne subsista longtemps que des grappes de bulles.

Il avait continué seul sa flânerie, s'arrêtant encore au bord d'autres trous pour y poursuivre sa contemplation. Comment se prénommait-elle ? Dans le village on l'appelait Vivi.

On ne retrouva son corps que plusieurs jours après, quand les pluies s'interrompirent et que l'eau s'évapora. Personne ne demanda rien à Jérôme. Et il devait en être ainsi tout le long de sa vie : les êtres qu'il lui arriva de supprimer le laissèrent toujours en état d'innocence.

27

Elle sort précipitamment de la maison et vient à lui, le visage chaviré.

– Écoute, fait-elle, mon amie ne va pas bien du tout et ses parents paniquent : je vais passer la nuit auprès d'elle. Tu veux bien revenir me chercher demain matin ?

Jérôme lui sourit tendre, promène le dos de sa main sur le frais visage de cette adolescente déjà mère, si tôt aux prises avec les tourments consécutifs à la maternité.

– C'est un garçon ou une fille ? demande-t-il.

Elle a un court moment d'indécision, comprend qu'il est au courant et renonce à mentir.

– Une fille.

– Qui est à la fois ton enfant et ta cousine.

Elle détourne les yeux. Il a pitié et déclare :

– En tout cas, le médecin est moins en souci que toi. Veux-tu que je reste également ?

– Je ne préfère pas, à cause de la nourrice et de son mari...

– Comme tu veux. Quand tu auras besoin de moi, il te suffira de téléphoner au palais : j'attends déjà.

– Merci.

Elle lui tend ses lèvres qu'il effleure à peine.

– A demain ; sois forte : tu connaîtras d'autres alarmes. Mon vieux père me répète qu'un enfant est une maladie dont on ne guérit jamais.

Il la pousse en direction de la maisonnette drapée de vigne en songeant que le destin est un petit malin toujours disposé à nous jouer de mauvais tours.

Ils étaient tellement heureux dans le grand lit à baldaquin, davantage conçu pour le repos d'un monarque que pour abriter les amours d'un couple « actuel ». Ils s'enivraient l'un de l'autre, « se tuaient d'amour » (c'est elle qui a eu cette expression dans un moment d'anéantissement) sans se préoccuper des heures qui se succédaient, sans penser que chaque instant en enfante un autre et qu'aucune extase ne saurait se prolonger très longtemps, car la vie est une perpétuelle mouvance qui lentement nous broie.

Parvenu à Cuneo, il hésite à laisser sa voiture devant le palais, mais fait l'effort d'aller la remiser dans l'impasse habituelle. Il rentre par les ruelles de la vieille ville. Tout y est silencieux et riche en ombres rassurantes. Deuilh est un grand amateur d'ombres. Il reconnaît les bonnes des mauvaises, celles qui calment et celles qui oppressent.

Giulietta ayant gardé la clé dans sa poche, il doit malmener le heurtoir à plusieurs reprises pour réveiller Palmira. Il ne peut se retenir de sourire en apercevant la servante ahurie qui trousse haut sa chemise de nuit afin de gratter son énorme derrière. Elle le considère comme s'il était un inconnu aux intentions douteuses, s'efface à regret pour le laisser entrer. Il a beau lui donner une tape sur la joue, elle le regarde gravir l'escalier d'un œil suspicieux. Son attitude le surprend car elle lui a témoigné de la sympathie jusque-là. Il pense que, généralement, les crétins ne sont pas versatiles. L'idée l'effleure de « l'interviewer », mais l'heure tardive l'en dissuade. Et puis, après tout, il se soucie peu des états d'âme d'une rustaude.

Le lit défait relate le tumulte de leur passion. Il a un côté terre conquise qui impressionne, et fait songer à des décombres. Jérôme s'accoude au montant, comme il le faisait il y a peu pour contempler sa jeune maîtresse dans les sillons tourmentés des draps. Il lit son absence momentanée sur cette couche surannée. Sa gorge se serre. Il voudrait pouvoir crier. Plusieurs fois, au long de sa vie, et dernièrement encore, lorsque son épouse lui a avoué qu'elle ne l'aimait plus, il s'est isolé et a hurlé de détresse à l'intérieur de sa voiture. Le cri de l'homme abandonné; de l'homme seul, il connaît très bien cela. Lorsque personne ne peut plus vous entendre et qu'on n'a que soi-même comme témoin, il faut bien tenter de s'en sortir ! Éternelle question : la chute d'un arbre dans une forêt déserte fait-elle du bruit ?

Giulietta a un enfant. Rien n'aura été épargné à cette petite fille de tragédie antique. On l'aura entièrement dépouillée du bien le plus précieux que possède un individu : sa jeunesse. La sienne a été massacrée honteusement. Existe-t-il une possibilité quelconque, non de la remplacer, mais de la compenser ? Un amour d'homme y suffira-t-il ? Jérôme se sent l'âme d'un Croisé. Il estime que Dieu sait ce qu'Il fait et que s'Il l'a incité à enjamber la fenêtre de la *signora* De Renzis, un soir, une grenade à la main, c'était pour que s'accomplisse Sa très sainte volonté.

***

Il a passé probablement des heures dans l'étrange chambre de la jeune fille à réfléchir ou à ressasser des épisodes de son existence; non qu'il eût « fait le point », mais il lui a paru nécessaire, à un moment charnière de son destin, de rassembler des renseignements susceptibles de l'éclairer. Jusque-là, il s'est comporté à la « va-comme-je-te-vis », sans dégager une ligne de force de ses actes ni de ses aspirations. Il a rencontré beaucoup de gens, leur a parlé, les a écoutés, leur a offert indifféremment ses pulsions amoureuses ou meurtrières lorsque l'envie s'en faisait sentir. Et jamais aucun de ces actes pourtant réputés « forts », n'a compromis son équilibre ni entamé quoi que ce soit d'essentiel dans sa conception des choses. Il lui est arrivé de s'inquiéter de cette indifférence. Il s'est même posé la question de savoir s'il était en proie à une quelconque démence, certains de ses agissements l'inclinaient à le croire; mais l'harmonie de sa pensée, sa manière d'appréhender les problèmes venaient le rassurer.

Simplement, il est un authentique marginal; à savoir un individu qui jette sur le monde le regard d'un homme peu concerné par celui-ci. Il aura mal aimé avant de rencontrer Giulietta : quelques êtres, son travail, des instants d'harmonie; le reste, tout le reste, n'aura été qu'une forme de « transports en commun ». L'humanité lui a toujours paru fortuite et sans conséquence.

Lorsqu'il est au bord de l'engloutissement, il s'allonge sur le tapis usé car il ne se sent pas le droit de dormir dans la couche de sa maîtresse.

Son sommeil ne lui apporte aucun repos réel, seulement un relâchement passager. A travers lui, il est un clandestin, *persona non grata.* Privé de Giulietta il n'est plus qu'un intrus.

Le sentiment insistant d'une présence le ramène à la réalité. Il ouvre les yeux, instantanément lucide et aperçoit la *zia* Caterina, vêtue de noir, assise dans l'un des fauteuils. Elle a les jambes croisées et se tient dans une pose abandonnée qui trahit sa fatigue. Leurs yeux se prennent. Elle lui sourit de ses lèvres minces.

– Vous étiez ivre? demande-t-elle.

Question saugrenue qui le fait sourciller.

– Quelle idée?

– Quand on couche par terre tout habillé...

– Une manière de témoigner mon respect de la maison d'autrui.

– Vous n'êtes pas un garçon comme les autres, Jérôme.

– Je le prends pour un compliment.

– Je ne suis pas convaincue que c'en soit un.

– Tant pis. Je vous présente mes condoléances pour le décès de votre frère.

Elle acquiesce, en guise de remerciement.

– Votre nièce pensait que vous rentreriez plus tard.

Caterina se crispe et son visage adopte une expression hostile.

– Je souhaitais assister ma belle-sœur plus longtemps mais c'est un être difficile; une paysanne méfiante qui croit toujours qu'on cherche à lui extorquer quelque chose : j'ai préféré m'en aller.

– Votre frère avait des enfants ?

– Un fils handicapé depuis son plus jeune âge et une fille qui s'est faite religieuse, sans doute pour racheter les péchés de la famille.

Son sourire aigu est revenu. Elle semble brusquement heureuse de se retrouver au palais. La fatigue du voyage, loin de lui nuire, exalte sa sombre beauté. Elle est de cette race de femmes auxquelles la maturité va bien et dont le visage ne prend sa réelle signification que lorsqu'il est marqué par le temps ou l'épuisement.

– Giulietta est auprès de sa petite fille malade.

– Palmira me l'a dit. J'ai téléphoné chez la nourrice : l'enfant fait encore beaucoup de température; je pense que la maman ne rentrera pas avant ce soir.

– Pourquoi ne l'élève-t-elle pas elle-même ?

– La condition de fille mère reste dans notre province un objet de réprobation.

Il ne trouve rien à objecter.

– Eh bien, dit-elle, je m'en vais prendre un bain. Je me suis levée à cinq heures et suis fourbue. Vous devriez en faire autant car vous ne paraissez guère en meilleure forme.

Elle va jusqu'à la porte, se ravise, revient à Jérôme, lui tend la main pour l'aider à se relever. Il se remet debout sans user de son aide.

– Allons le prendre ensemble, propose-t-elle, ma baignoire est assez grande pour nous héberger tous les deux.

28

Quand ils sortirent du bain, il était plus de midi. Ils venaient d'y passer près de deux heures pendant lesquelles Caterina prodigua de voluptueuses caresses à Jérôme qui les accepta sans la moindre réticence. Tout en s'abandonnant aux caprices experts de son hôtesse, il se disait que s'il voulait vivre sa passion avec Giulietta, la vivre totalement, il lui faudrait très vite neutraliser sa tante. La *zia* Conte exerçait sur elle une férule absolue que seule sa disparition physique pouvait briser. Il mesurait le pouvoir de cette femme à la façon dont lui-même cédait à ses exigences. Il lui était impossible de prendre des résolutions qui fussent contraire à sa volonté. Tyran lubrique, elle jouissait de lui à sa guise; non seulement il ne regimbait pas, mais il se soumettait ardemment à ses débordements et ceux-ci fortifiaient l'antipathie ardente qu'elle lui inspirait. Jamais jusqu'alors il n'avait joui dans la haine; celle-ci se révélait d'une telle intensité que son orgasme procédait d'elle.

Quand ils cessèrent leurs jeux pervers, Jérôme déclara à sa partenaire qu'il n'avait jamais rencontré femme plus assoiffée de plaisir. Elle devint pensive et admit que, dès son plus jeune âge, elle subissait un inextinguible tourment de la chair qui l'incitait à s'offrir aux mâles passant à sa portée. A peine adolescente, elle se faisait prendre par les domestiques, jetait son dévolu sur les amis de la famille et provoquait même les fournisseurs. Ses parents, que ce comportement voisin de l'hystérie épouvantait, avaient consulté plusieurs neurologues; ils avaient préconisé des remèdes qui l'abrutissaient sans pour autant calmer sa voracité. On l'avait mariée jeune à un fringant noblaillon qu'elle avait proprement conduit au suicide. Elle parlait de son trépas comme d'une joyeuse farce. Son expérience matrimoniale s'était arrêtée là.

Deuilh profita de ces confidences faites par une névropathe provisoirement apaisée pour lui parler d'avenir.

Il déclara à la *zia* qu'il aimait sa nièce et l'épouserait; il se sentait même disposé à reconnaître son enfant si besoin était. Pour l'amadouer, il assura que ce mariage d'amour n'avait rien à voir avec leur frénésie charnelle à tous deux, laquelle pourrait fort bien se poursuivre pour peu qu'ils y missent quelques formes afin de ménager les apparences.

Caterina l'écouta gravement. Elle paraissait convaincue par son ton d'authenticité. Elle l'assura qu'elle n'était pas opposée au projet, mais qu'il convenait de « donner le temps au temps ».

Jérôme allait donc s'installer au palais et partager la chambre de sa nièce, mais à la condition qu'il ne se montrât pas lorsque « ces dames » recevraient. La présence d'un amant sous leur toit aurait eu de fâcheuses conséquences.

Ce *gentleman's agreement* le ravit et il se dit qu'il pourrait peut-être accorder la vie sauve à *zia* Caterina.

***

Elle aimait également les plaisirs de la table, aussi la chère était-elle de qualité à la maison. Ils déjeunèrent en tête à tête dans un tel climat de lubricité que, les pâtes au saumon expédiées, elle proposa qu'ils se dévêtissent. Ses fantaisies luxurieuses ne troublaient pas le couple de serviteurs qui y étaient habitués. Jérôme Deuilh s'amusait de la situation et se disait qu'aucun tabou, aucun interdit, ne résistent à l'accoutumance. Cette femme, qui n'était pas sans distinction, se laissait aimer devant ses ancillaires avec un détachement total.

Elle se livrait à l'homme avec tant de naturel que Gastone et Palmira n'y attachaient plus d'importance.

Comme ils attaquaient un plat qui ressemblait à du veau Marengo, il lui fit remarquer qu'elle ne paraissait pas très éprouvée par la mort de son aîné.

Elle n'apprécia pas la réflexion et lui répondit que le chagrin ne se mesure pas à des démonstrations de pleureuses et que, plus il est sincère, plus il se doit d'être discret. Oreste avait été un frère vigilant et avisé.

– Mais qui faisait des enfants à sa nièce orpheline! objecta-t-il durement.

Caterina le regarda fixement et de sales lueurs dansèrent dans ses yeux mauves.

– Mon cher, articula-t-elle, je mets comme autre condition à votre séjour ici que vous n'abordiez jamais plus ce sujet. D'accord ?

Il acquiesça misérablement, dompté une fois de plus par l'étrange amazone.

L'incident n'eut aucune répercussion sur la frénésie amoureuse qui succéda au repas.

En fin d'après-midi, ils allèrent tous deux récupérer Giulietta à Centallo; mais cette fois, il n'attendit pas devant la maisonnette. Ils trouvèrent la nièce de Caterina près du petit lit, à somnoler dans un fauteuil. La fièvre du bébé venait de tomber et il gazouillait en produisant des bulles avec sa bouche en forme de griotte. Il parut à l'écrivain qu'il avait les yeux bleus, ce qui le surprit, sa mère et son père les ayant sombres (avec des reflets mauves). Il trouva l'enfant joli, mais à huit mois les traits sont trop incertains pour permettre une appréciation valable dans ce domaine. Il s'enquit de son prénom. D'un air craintif, la jeune mère lui répondit que la petite fille s'appelait Marie. Elle précisa :

– Pas Maria : Marie!

Qu'elle eût un prénom français fut un heureux présage pour Jérôme.

La nourrice était une femme jeune, durement vieillie par une obésité précoce. Elle se mouvait avec lenteur et l'on trouvait dans ses yeux une navrance congénitale qui donnait envie de la secourir.

Avant de partir, il mit un billet de cent mille lires dans la poche de son tablier à fleurs, ce qui lui valut un regard d'incompréhension mêlé de frayeur.

Ils étaient venus à Centallo avec la Mercedes décapotée, il dut ôter le coupe-vent pour que Giulietta pût se lover à l'arrière. A peine furent-ils sortis de l'agglomération qu'elle chassa ses préoccupations maternelles et se mit à rire d'aise, à cause du vent, de la vitesse qui la décoiffait. Elle leur dit qu'après sa nuit de veille, cela lui faisait du bien « de manger de l'air ». La *zia* Caterina semblait participer à sa joie. Il leur proposa une « virée » en montagne qu'elles acceptèrent avec plaisir. Soudain, la vie des habitants du palais Rizzi adoptait une ambiance de vacances heureuses. Ils se désaltérèrent dans un *albergo* situé au bord d'un torrent.

Le soleil devenait rasant lorsqu'ils rentrèrent et l'écrivain dut chausser son nez de lunettes teintées.

A tout bout de champ, il contemplait Giulietta dans son réflecteur qu'il avait orienté pour la capter parfaitement. Elle avait fini par surprendre son manège et lui souriait dans le rectangle de glace bien que ses yeux lui fussent cachés et qu'il restât imperturbable.

De retour à Cuneo, il les pria à dîner au *Plat d'Étain* pour continuer la fête. Son offre les ravit car elles ne connaissaient ce restaurant que de nom. Quand il leur eut dit que le charmant établissement était honoré d'une étoile dans le guide Michelin, elles tinrent absolument à « se faire belles pour sortir ».

La prompte guérison de la petite Marie fut bien arrosée.

29

Pourquoi se sent-il si gauche, de retour dans « leur » chambre ? Un peu comme s'ils y étaient réunis pour la première fois, Giulietta et lui. Il a l'impression de former dorénavant avec elle un couple officiel. A la furia de leurs retrouvailles succède quelque chose de feutré, d'hypocrite même. Quand il est revenu de Paris, c'était la passion incontrôlée. A présent qu'ils ont le consentement de la *zia*, leurs amours se banalisent. C'est presque papa-maman qui rentrent chez eux. Caterina l'a tout bêtement épuisé et il y a en lui un désert des sens peu propice aux démonstrations.

La manière ordonnée dont ils se déshabillent ôte du piment à leur tête-à-tête.

Pour masquer son malaise, il se comporte comme tous les hommes en pareil cas : il parle.

Il dit combien il a trouvé sa fille jolie et que, si elle n'a pas de père déclaré, il la reconnaîtra. En entendant cela, la mère adolescente se jette au sol en sanglotant. La fatigue consécutive à sa nuit d'inquiétude ne lui permet pas de se reprendre. Il doit s'agenouiller près d'elle et la bercer longtemps pour parvenir à la calmer.

En cet instant, il mesure à quel point il tient à cette petite au destin cahotique, faite pour mener la vie sage et rangée d'une fille de gens aisés, mais que le sort a précipitée dans de sombres péripéties familiales dignes d'un Zola.

Il finit par la conduire au lit où il la serre farouchement, fier de l'amour qu'il lui porte.

Le lendemain, une fois le café pris et la toilette faite, tous deux vont chez un notaire de la ville afin de s'enquérir des formalités à entreprendre pour une reconnaissance en paternité. Le tabellion les dirige sur la mairie où une employée aimable leur fournit les paperasses à remplir. En fait, les démarches sont simples et le document peut être établi dans un très court délai. Ils en repartent radieux. Jamais Deuilh n'a accordé une telle preuve d'amour à une femme. Il se sent investi d'une mission sacrée et se rend compte que cet acte délibéré va désormais modifier sa vie.

Ils fêtent l'événement au *Caffe Arione*, que Jérôme affectionne pour son ambiance douillette. Ils commandent des *cappuccini*. En savourant l'onctueux mélange de café et de mousse chocolatée il décide soudain d'aller voir Marie chez la nourrice. Il n'en souffle mot à sa compagne. En la déposant devant le palais Rizzi, il prétend partir en repérage pour son livre.

Des odeurs d'huile chaude s'échappent de la maison. Le chien du logis, un vieux corniaud jaune, le reconnaît et le fête lourdement. La nourrice, que ses cent mille lires de la veille ont gagnée à sa cause, l'accueille avec autant d'enthousiasme.

Deuilh trouve la petite vautrée sur une couverture, dans son parc. Il s'en saisit gauchement et la presse contre lui. Des relents de lait aigre l'écœurent un peu, mais il domine sa répulsion pour entrer dans le jeu de la paternité consentie. Le bébé est réellement joli, ce qui, songe Jérôme, est plutôt rare. Son regard d'un bleu presque marine le fascine. Il comprend que Marie sera aussi ravissante que sa mère et sa gorge se noue. Pourquoi n'a-t-il jamais eu envie d'enfant ? D'instinct, il les considérait comme des ennemis en puissance, à coup sûr comme des intrus. Il se force à penser que ce petit être est né du vilain Oreste, donc de la chair de goret. Une telle perspective ne le décourage pas. Il veut oublier son géniteur pour ne plus penser qu'à la femme qui l'a mise au monde. A cet instant, il est assuré d'aimer Marie.

Que dira le Gaulois en apprenant sa « paternité préfabriquée » (c'est ainsi qu'il qualifiera la chose, c'est couru d'avance !) ?

Il embrasse le bébé dans le cou et le remet sur sa couverture où l'attendent quelques jouets du premier âge. Mais il ne parvient pas à s'en aller, à cause de ce regard grave et incertain qui s'attarde sur lui. On dirait que Marie sait tout de Jérôme, qu'elle le comprend en ressentant de la peur. Elle demeure d'une gravité troublante. Jérôme se penche et, du pouce, trace un furtif signe de croix sur le front de la petite fille. Il se reproche aussitôt cet élan de vieille bonne femme. Ses rares pulsions religieuses le mettent chaque fois mal à l'aise. Pourquoi ces simagrées, puisqu'il n'a pas la foi ?

La nourrice le raccompagne, volubile. Peut-être espère-t elle un nouveau billet ? Ce type est si bizarre...

En fait, c'est elle, surtout, qui pue le lait tourné. Il puise dans sa poche, ramène quelques coupures froissées : des mille, des dix mille, les fourre dans la poche ventrale de son tablier et, par jeu, palpe le renflement de son pubis à travers une superposition d'étoffes.

La grosse femme est abasourdie.

Deuilh lui sourit gentiment.

– Tu as une grosse moule, salope ! fait-il avant de partir.

Pendant son retour, il décide d'abandonner son projet de livre sur l'art fasciste. Le cœur n'y est pas. Surtout il n'a plus envie de parcourir l'Italie à la recherche d'une architecture dont tout le monde se fout et que la plupart des Italiens préfèrent oublier.

C'est un sujet prétexte, donc un mauvais sujet. Simens va l'accabler de sarcasmes mais il s'en moque. D'ailleurs il a l'intention de se fixer au Piémont après avoir liquidé les quelques biens qu'il possède en France. Il caresse depuis un certain temps l'idée de s'attaquer au roman. Le moment est sans doute venu. Il faut savoir « reprendre sa vie en main » quand une époque est révolue. Question d'opportunité et de courage. Lorsqu'il aura sauté le pas, il ira voir son père dans sa maison de retraite et peut-être lui présentera-t-il Giulietta ?

Ces graves décisions en chaîne l'ont dopé et c'est un homme libéré qui revient au palais Rizzi.

30

Il découvrit vite à quel point la vie quotidienne au palais l'envoûtait. Elle y était intemporelle et n'y connaissait d'autres règles que celle des repas. Encore ceux-ci n'obéissaient-ils pas à des horaires fixes.

Il arrivait que la *zia* envoyât chercher Deuilh. Elle ne fournissait pas d'explication, mais Jérôme savait à quoi s'en tenir, et la jeune fille aussi, probablement. Il s'était résigné à son rôle « d'amant de garde » (comme il existe des médecins de garde) et s'employait à donner satisfaction.

Le reste de la journée, il regardait peindre la petite en rêvassant à des idées de romans. Plusieurs projets le provoquaient, souvent anciens. Ils venaient le visiter parfois, tentants, chatoyants. Il s'essayait à les développer, certain (pendant une courte période) de tenir un sujet solide; et puis celui-ci s'étiolait dans son esprit et il l'abandonnait pour revenir à des travaux moins ambitieux mais plus sécurisants.

Cette fois, il devinait qu'il était prêt à franchir le pas. Il allait écrire son livre et lui consacrer tout le temps qu'il faudrait. Il ne le publierait pas « chez eux », jugeant que la boîte de Martin ne disposait pas de l'infrastructure nécessaire à l'édition d'un « gros machin ». Il se risquerait dans une maison réputée, familiarisée avec l'artillerie lourde. Il battrait le rappel des copains pour assurer une forte sortie à son ouvrage et mettre toutes les chances de son côté. Combien de fois avait-il jugé pédants des auteurs supputant leur succès! Et voilà qu'il les imitait tout naturellement; persuadé, comme les autres, qu'il constituait l'exception.

Un après-midi où Giulietta explorait l'immense garde-robe de sa chambre à la recherche de papier calque, il aperçut sa mandoline sur le plus haut rayon du meuble. La vue de l'instrument lui causa instantanément une violente émotion. Il demanda à sa maîtresse d'en jouer. Elle s'y refusa d'abord, alléguant que la grenade lui avait servi de leçon. Mais il insista avec une telle véhémence, assurant que leur bonheur en dépendait, qu'elle craignit de le peiner en s'obstinant.

Elle portait encore les traces de ses blessures à la jambe et savait qu'elles s'estomperaient sans totalement disparaître. La cicatrice formait un étrange archipel blanc sur sa peau bistre; l'adolescente l'avait oubliée, sa coquetterie ne s'arrêtant pas à ce genre de disgrâce vénielle.

Giulietta s'assit, tenant l'instrument contre son sein. Il fut frappé par le charme qui se dégageait du tableau. Le bois vernis et les formes maternelles de la mandoline s'accordaient avec la coloration et les volumes de cette jeune poitrine.

Elle se mit à jouer *O sole mio*. Immédiatement, Deuilh fut ému malgré l'inexpérience de l'exécutante. Quand on la regardait, on ne pouvait qu'être conquis par sa grâce. On oubliait l'interprétation malhabile pour se laisser complètement investir par un sortilège d'une douceur infinie.

Elle tenait la tête inclinée, et ses yeux lui parurent pleins de concentration et de mélancolie. Ce n'était pas une rengaine napolitaine qu'il entendait, mais la tristesse mystérieuse qui était en elle; une tendresse entachée de misère humaine.

Après ce morceau elle s'arrêta; il lui fit signe de continuer, alors elle interpréta coup sur coup plusieurs « napolitaineries » en fredonnant parfois le refrain d'une voix pure et claire qui mit le comble à l'émotion de l'écrivain. Il se prit à pleurer en essayant de lui cacher ses larmes. Il pleurait sur elle et sur lui; sur les rêves éculés, sur les amours gâchées, sur cette plaie originelle dont un être sensible ne guérit jamais.

Elle finit par s'apercevoir de son chagrin, s'arrêta et vint s'asseoir sur les genoux de Jérôme. Elle baisait ses yeux ruisselants, s'interrompant pour lui dire des mots d'amour. Elle n'avait pas lâché la mandoline et, à travers sa peine, Deuilh s'aperçut que l'instrument avait été blessé par l'explosion de la grenade, lui aussi. Il portait sur son ventre une trace de brûlure qui l'avait noirci et légèrement creusé.

C'est sous les baisers de Giulietta qu'il sentit revenir son mal de tête. Depuis plusieurs jours il le laissait en paix; pareil à tous ceux qui bénéficient d'une longue rémission, il s'estimait guéri. La souffrance se manifesta, comme d'ordinaire, par une stridence qui lui déchira le cerveau. Il appliqua les mains sur ses tempes, ferma les yeux, s'exhortant à la résignation. Il savait qu'il devait endurer ce monstrueux déferlement de « stuka » qui écrasait sa pensée. A chaque manifestation de ses troubles se déroulait le même scénario : une douleur ponctuée d'un bruit déchirant, puis une relative accalmie à laquelle succédaient d'autres vagues féroces. Peu à peu « l'enfer » s'atténuait pour laisser place à de fortes et interminables lancées.

– Tu as mal ? s'inquiéta la petite.

Il avait tout juste la force d'acquiescer.

– Je vais te donner tes comprimés.

Elle savait où il les rangeait, en prit deux qu'elle lui apporta, tenant un verre d'eau de son autre main.

Il fit un effort pour les avaler, gardant les paupières baissées, davantage par pudeur que parce que cela le soulageait.

– C'est d'écrire, qui t'a déclenché ces maux ?

– Je n'ai pas tracé une ligne depuis dix jours au moins.

– Je voulais dire, c'est l'écriture qui est à l'origine de ces névralgies ?

– Probablement. Mais ça va passer, je vais respirer un peu d'air.

Il écarta le rideau et sortit sur la galerie. Un ciel de plomb, issu des trop fortes chaleurs, plongeait la cour dans une pénombre louche de fin du monde. Deuilh se laissa tomber sur un siège et renversa la tête en arrière. Il demeura un long moment dans cette posture inconfortable, la nuque meurtrie par le dossier de fer du siège, attentif à sa vie qui ne paraissait plus « conforme ».

A la longue, un grincement le fit réagir. Il se redressa et aperçut la gorgone d'en face, dans l'encadrement de la demi-fenêtre, qui l'observait. Il eut alors la certitude qu'elle représentait un grand danger et un ordre secret lui enjoignit de la détruire. Il mobilisa son entendement pour essayer de déterminer en quoi cette vieillarde hargneuse pouvait lui nuire. Ses ragots avaient dû faire long feu et l'opinion du voisinage lui importait peu. Malgré ce raisonnement, « l'ordre » secret ne se démentait pas. La nécessité d'éliminer la *signora* De Renzis continuait de s'affirmer.

Deuilh adressa un geste de la main à son ancienne logeuse.

– Bonjour, madame ! lui lança-t-il joyeusement ; comment va le vieux chat blanc, je ne le vois plus sur vos épaules ?

Elle se retira de la fenêtre sans répondre, la referma. Elle devait encore l'épier à travers les prismes du verre cathédrale.

Deuilh se mit à supputer les meilleures façons de la supprimer ; mais il souffrait trop pour trouver une réponse satisfaisante et remit la solution du problème à plus tard.

31

Ils sortent de la mairie de Cuneo sans parler. Une étrange gêne pèse sur eux. Chacun fait « pensée » à part en cet instant grave qui incite à un certain recueillement.

La petite Marie, qui gazouille en ce moment dans un parc et que les mouches de l'été harcèlent, se nomme désormais Marie Caterina Deuilh.

C'est la *zia* qui parle la première. Elle s'adresse en italien à sa nièce. Giulietta acquiesce. Elle a le regard noyé de larmes. La tante Conte traduit pour Jérôme.

– Je disais que peu d'hommes donnent une aussi grande preuve d'amour à une femme.

Il sourit, héros triste de cette aventure humaine. Ce qu'il ressent est indéfinissable : la satisfaction d'avoir accompli un acte de grande charité, celle que peut procurer un amour cher payé et puis surtout, la peur d'un engagement qu'on n'est pas assuré de pouvoir tenir.

Ils marchent dans la via Roma, à l'ombre des arcades où stagne en permanence une fraîcheur de cellier.

Giulietta voudrait prendre le bras de son compagnon mais n'ose pas devant sa tante. Ils se sont progressivement débandés : Caterina va devant, de sa démarche énergique, « l'heureux père » la suit d'un pas relâché, cependant que la gamine avance plus lentement, comme accablée par l'immense émotion qui lui noue l'âme.

Il se produit soudain un incident imprévisible : ils croisent la *signora* De Renzis, endimanchée, qui va payer ses impôts. A eux trois, ils barrent pratiquement le trottoir. La vieille, pour éviter de les frôler, se jette sous un porche. Au moment où le trio passe devant elle, ils l'entendent murmurer :

– *Bagascia ! bagascia*[1] *!*

La tante et la nièce ne réagissent pas. Deuilh s'arrête brièvement et claironne :

– Mes respects, madame De Renzis !

Tout en lui souriant, il décide la manière dont il va la supprimer : une nuit, il longera la corniche et pénétrera dans l'appartement par la fenêtre de son ex-cabinet de travail dont l'espagnolette déglinguée est facilement actionnable de l'extérieur. Il assommera la vieille et la précipitera dans la cour après y avoir lâché le vieux chat. Ainsi croira-t-on que c'est en se penchant pour appeler l'animal qu'elle est tombée. Ce scénario lui semble valable.

Il se retourne pour lui adresser un petit geste de connivence ; en réalité, il a besoin de la capter afin d'organiser son trépas « en connaissance de cause ».

Ses larges sourires déconcertent la De Renzis. Elle pense que, décidément, ce Jérôme Deuilh est un drôle d'homme.

***

L'après-midi du même jour, des visites mobilisent Giulietta. La chose s'opère en fin de journée, peu avant le repas du soir. Il y a d'abord une annonce bruyante des arrivants qui usent inconsidérablement du heurtoir ; puis des rires et des éclats de voix résonnent. Au bout d'un moment, la *zia* surgit dans leur chambre, l'air ennuyé. Elle

1. Putain, en piémontais.

prévient sa nièce que leurs cousins de Savigliano sont là, passablement éméchés. Cette crétine de Palmira a eu la stupidité de dire qu'elles se trouvaient au palais et elles vont devoir leur faire bon accueil.

– Vous voulez bien nous excuser, Jérôme ? Nous allons les expédier le plus rapidement possible.

Deuilh hausse les épaules. Il s'est attelé au plan d'un roman qui le mobilise énormément. Il lui consacrera des années d'écriture s'il le faut, bien qu'il se sente davantage Balzac que Flaubert. Il a maintenant sa propre table dans la chambre où il répartit son temps entre le lit et l'écriture.

Sa bien-aimée troque la blouse blanche qu'elle enfile pour peindre contre une robe légère, se recoiffe hâtivement, l'embrasse et quitte la pièce.

Il note qu'en fin de compte, elles reçoivent régulièrement. L'Italie est un pays convivial où l'on se rend sans cérémonie chez les parents et les amis.

Il est bien aise qu'elles le tiennent à l'écart de ces mœurs provinciales, ne se sentant guère le cœur à écouter discourir des inconnus dans une langue qu'il ne comprend pas.

C'est la première fois qu'elles ont des amis aussi bruyants. Les cousins de Savigliano ont dû boire plus que de raison à en juger au tapage qu'ils mènent. Comme, loin de se calmer, le ton monte, entrecoupé de rires vulgaires, Deuilh abandonne son travail pour aller voir ce qui se passe. Le bruit provient du bas ; il en est d'autant plus surpris qu'il n'existe au rez-de-chaussée que l'entrée, l'office et les communs. Il s'engage dans l'escalier de pierre. Une fois dans le hall compassé dont le salpêtre émiette la peinture, il s'oriente à l'oreille, puis soulève une vieille tenture croûteuse qui isole une minuscule antichambre. Le vacarme sévit derrière une double porte de bois blond. Des exclamations tonitruantes, des rires d'ivrognes, des sortes de plaintes aussi.

L'écrivain s'approche, espérant un trou de serrure par lequel lorgner les causes de cette effervescence, mais elle n'en comporte pas car c'est une porte à va-et-vient. Il appuie doucement sur l'un des vantaux jusqu'à pouvoir risquer un regard. Il distingue peu à peu une pièce plongée dans une pénombre que rompt seulement un chandelier supportant quelques bougies. Les flammèches tremblantes éclairent de façon savamment parcimonieuse les corps entièrement dénudés de cinq personnes. Il y a là la *zia* Conte et sa nièce, ainsi que trois hommes encore jeunes qui hurlent, rient et se hèlent dans un pêle-même de corps enchevêtrés. Jérôme n'a d'yeux que pour Giulietta. Celle-ci est à califourchon sur le sexe d'un individu à la peau roussâtre. Elle le chevauche à vive allure, tout en caressant un second braillard, cependant que sa tante « s'occupe » du troisième personnage qui semble être le plus âgé.

Devant ce spectacle, Deuilh conserve le plus grand calme.

– Je le savais, murmure-t-il seulement.

Intimement, il pressentait des agissements inavouables qui, brutalement révélés, comblent les lacunes de la vie au palais.

Il s'avance vers celle dont il rêve de faire sa femme. Elle est blafarde comme le visage du petit garçon mort dans un accident de voiture, aperçu sur une route, un jour. Un homme plus ou moins ivre est encore en elle, qui lui donne des claques sur les fesses pour l'inciter à poursuivre la danse sur son pénis. Elle lâche le sexe de l'autre compère. Messieurs les « clients » sont mécontents de cette intrusion qui rompt la paillardise ambiante, et protestent d'importance.

– Soyez gentil, Jérôme, laissez-nous ! fait la *zia* Conte sans cesser de manœuvrer le membre de son partenaire.

Elle conserve toute son autorité. Il lui sourit.

– Je viens de reconnaître l'enfant d'une putain ! murmure-t-il.

– Et alors ? objecte calmement Caterina.

Il hoche la tête :

C'est vrai, ça : et alors ?

Ce qui domine en lui, étrangement, c'est la satisfaction d'avoir supprimé Oreste. Et aussi, ce merveilleux projet de devoir trucider sa sœur.

Pour elle, il trouvera de l'inédit. Il veut une fin superbe, raffinée, « intellectuelle ». Sa mort devra être à la mesure de son impardonnable crime. Il est excité d'avoir à inventer ce meurtre magnifique.

Il regagne leur chambre en réfléchissant. Dans le hall, Gastone guette avec inquiétude ses réactions, car il a dû le voir se rendre au baisodrome de ces dames.

L'expression radieuse du Français le sidère. Il redoutait des éclats, se préparait à une intervention musclée et voilà leur pensionnaire souriant et détendu, presque joyeux. D'ordinaire, Jérôme évite de s'adresser au bonhomme dont les plaies l'écœurent.

Cette fois, il lui met familièrement la main sur l'épaule :

– *Va bene*, Gastone ?

Le vieux valet opine, prudent. Cette réaction le met mal à l'aise. Ils sont un peu fous, ces Français. Ils n'ont pas l'exubérance italienne, mais il existe chez eux une fantaisie matoise qui ne lui dit rien qui vaille.

Le domestique sent le rance et l'embrocation. Il doit continuer d'appliquer quelque baume ou pommade sur l'affreuse plaie de son cou. Comment peut-on continuer de vivre avec une telle entaille à la gorge ?

Deuilh le lâche et, cédant à une impulsion qui lui est familière, sort de l'argent de sa poche pour le lui remettre.

***

Quand Giulietta revient de sa « prestation », elle le trouve à sa table de travail, en train d'écrire.

– Je viens de démarrer mon livre, dit-il, c'est l'histoire d'un romancier qui tombe amoureux d'une putain, rien que de très banal jusque-là. Ce qui, je pense, fera l'intérêt de mon sujet, c'est qu'il l'aime précisément à cause de sa condition de fille de joie. T'es-tu bien lavé le cul, mon enfant ? Ce serait la moindre des choses car je tiens à ma part du festin, la nature m'ayant doté, tu t'en seras rendu compte, étant professionnelle, d'un solide tempérament de tringleur.

Elle ne répond pas à ses sarcasmes, ôte sa robe pour retrouver sa blouse. Il y a dans sa personne une détermination lasse. Elle le fait penser à certains déportés filmés pendant la guerre dans des camps d'extermination, dont l'expression détendue témoignait d'une résignation quasi sereine.

– Ils t'ont prostituée très tôt ? questionne-t-il.

– Dès mon départ de Venise.

– Ça a dû être affreux ?

– Plutôt surprenant. Oncle Oreste avait fait l'essentiel en abusant de moi. Le reste n'avait plus d'importance.

– Ta tante se prostituait déjà elle-même ?

– Bien sûr. Mais chez elle, c'est maladif.

– Il t'a suffi de l'imiter.

Il range méticuleusement les quelques pages qu'il vient d'écrire. Son calme l'impressionne. Il n'éprouve aucune déception, aucune fureur rentrée ; son accès de haine contre *zia* Caterina est tombé, de même que sa rancœur. Ne subsiste en lui qu'un détachement absolu. Il faut accepter la vie que les autres ont préparée sans nous attendre. Ce qui nous précède ne nous concerne pas ; mais c'est à nous de le modifier lorsque nous l'héritons. L'existence se prend toujours en marche et quand nous la laissons, d'autres recoivent nos manigances et les remplace par les leurs.

Il s'écarte de sa table et lui tend les bras.

Soumise, elle vient s'asseoir sur ses genoux. Deuilh l'emprisonne de ses bras et plaque sa joue contre la sienne.

– Je t'aime, chuchote-t-il, ma petite pute.

Il la prit à deux reprises au cours de la soirée; en lançant des cris porcins, tout comme les clients de l'après-midi.

32

Il saisit l'enfant et la tient à bout de bras. Au début, la petite y prend plaisir et risque un gazouillis joyeux, mais comme il prolonge la pose, elle se met à pleurer; effrayé, il la rend à sa mère et déclare :

– Elle n'est pas de l'oncle Oreste !

Cette certitude lui est venue tandis qu'il la brandissait vers le plafond. La perspective ascendante a été un révélateur.

– C'est vrai, confirme Giulietta.

– De qui, alors ?

Elle chasse un début de confusion qui n'a plus lieu d'être.

– C'était un étudiant autrichien en vacances chez des amis. Ils l'ont amené au palais et il est revenu seul, trois fois de suite.

– Il avait eu le coup de foudre ?

– Peut-être.

– Et toi aussi ?

– Peut-être.

Deuilh dépose un baiser sur la cuisse potelée du bébé.

– Ça me fait plaisir d'apprendre ça.

– Qu'elle n'est pas de l'oncle ?

– Oui, et aussi de savoir que son géniteur est jeune; ainsi c'est un petit être vraiment neuf, tu comprends ?

– Il me semble.

– Jusque-là, je ne me suis jamais intéressé aux nourrissons : je les trouvais laids, probablement parce qu'ils n'étaient pas de moi.

– Marie non plus n'est pas de toi.

– C'est mieux : elle est de toi.

Giulietta lui sourit avec reconnaissance.

Deuilh s'attarde dans la contemplation de l'enfant.

– Un jour, elle me ressemblera, prophétise-t-il, la cohabitation engendre un mimétisme.

Ils rendent à la nourrice sa petite pensionnaire. La grosse femme a droit à un nouveau billet de banque accompagné d'une caresse plus prolongée que la précédente. Les doigts experts de l'écrivain s'attardent sur le renflement pileux de la matrone et fouillent sa fente avec une autorité clinique. Subjuguée, elle se laisse faire en roulant des yeux de bovidé.

– A bientôt, *signora* : soignez bien ma fille ! lui dit-il.

***

– Ça doit être grisant à piloter, une voiture comme la tienne, remarque Giulietta.

– Les premières fois ; mais très vite on oublie son plaisir pour en chercher de nouveaux.

Il ralentit et demande :

– Tu veux apprendre à conduire ?

– Je n'ai pas l'âge.

– Il ne s'en faut pas de beaucoup et tu serais prête le moment venu.

Elle est rouge d'émotion ; il se dit qu'elle réagit toujours aux jouets.

– Demain, nous chercherons une petite route tranquille et je t'enseignerai les rudiments, ainsi seras-tu dégrossie quand un moniteur d'auto-école s'occupera de toi.

Elle caresse le tableau de bord en acajou clair.

– Un monstre pareil! Je n'oserai jamais me mettre à son volant!

– Il est plus facile à piloter qu'une petite automobile merdique.

Mal convaincue, elle observe un instant ses manœuvres pour tenter de les comprendre; puis, à bout d'attention, renonce et coule sa main gauche entre ses jambes.

Elle aime s'assurer de son membre en un geste ardent de possession. Des camionneurs qu'ils dépassent ont le temps de surprendre sa caresse et leur lancent des coups de klaxon complices; certains se défenestrent à demi pour crier des obscénités joyeuses.

Contre vents et marées, Jérôme Deuilh est heureux. Cet être si perceptif, tellement nourri de pressentiments, ignore totalement que la fatalité est en marche; à différentes reprises il aura été le destin des autres.

En cet instant de pleine félicité, de presque bonheur, quelqu'un est en train d'assumer le sien.

33

– Que dit-elle ? demande Jérôme en voyant Palmira sortir toute une tirade dans laquelle il est question « du *signore* ».

– Nous avons une visite : quelqu'un qui voulait te voir et que ma tante reçoit.

Ils gagnent le grand salon fané où l'énorme cheminée éteinte met une note terriblement médiévale. Deuilh pense aux *Visiteurs du Soir* de Marcel Carné, qu'il est allé visionner plusieurs fois dans une salle d'art et d'essai consacrée au Septième Art. On aimerait voir des hommes en pourpoints devant cette hotte sculptée.

Mais il ne s'y trouve que deux femmes d'aujourd'hui, élégantes et qui parlent en anglais. L'une est la *zia* Caterina, l'autre lui tourne le dos. Cette dernière fait une volte et il reconnaît « l'Allemande » de bonne et mauvaise rencontre. Il a instantanément un bloc de glace dans la poitrine et, une fois encore, tous les tramways de San Francisco se mettent à crisser sous son crâne. Il achève de parcourir mécaniquement les quelques mètres qui les séparent. Il se sait livide, lèvres retroussées. Son regard doit ressembler à celui de certains insectes aux yeux hors de la tête. Sans doute devrait-il sourire : il ne le peut.

Il touche misérablement la main qu'elle lui tend.

– Vous n'avez pas téléphoné à notre hôtel, petit coquin !

Grotesque! Oh! comme il voudrait la voir raide et blanche sur le tapis!

Il balbutie :

– J'ai dû partir.

La saisir par le bras, l'entraîner n'importe où loin de ces femmes! Mais à quoi bon ? Il est trop tard puisque la Teutonne et la tante discutent depuis un bon moment déjà. Elle a *fatalement* parlé de leur rencontre à Venise.

Sa panique interne fait place brusquement à une suprême indifférence. N'est-il pas prêt au pire depuis sa plus tendre enfance ? Très exactement, depuis la noyade de la petite fille dans le trou plein d'eau, creusé pour recevoir un poteau ? Il revoit en un éclair un autre de ses « méfaits ». Relativement récent celui-là. Il remonte à une dizaine d'années.

Il avait pris un taxi pour aller voir un historien podagre dans une banlieue perdue de Paris. Le chauffeur du G7 était un Russe blanc, dont l'espèce a totalement disparu. Le bonhomme protesta tout le temps de la course qu'il jugeait trop lointaine. Il vitupérait comme un diable et les libéralités de son client ne le calmaient pas. Arrivé à destination, Deuilh l'avait décidé à l'attendre grâce à un pourboire mirifique; mais il s'était attardé chez l'historien et, quand il revint à la voiture, le vieux type écumait et le traita de noms inadmissibles. Alors l'écrivain lui saisit le menton, de derrière la banquette et, pesant de tout son poids, lui rompit la nuque. Il sortit ensuite du taxi, ne vit personne et marcha jusqu'à une station d'autobus.

– Comment m'avez-vous retrouvé? demande-t-il calmement.

L'Allemande rit de toutes ses dents éclatantes.

– Je suis retournée chez la méchante vieille dame où vous habitiez, celle qui enfonce les portes quand vous recevez une femme.

La petite sonnerie d'alerte, qui carillonnait en lui

lorsqu'il pensait à la veuve De Renzis, cesse de fonctionner, Il sait maintenant pourquoi sa prescience lui enjoignait de supprimer son ancienne logeuse. A présent, il est trop tard.

Il jette un regard à la *zia* Conte. Celle-ci reste impavide, presque aimable. Elle suit leur conversation de cet air d'ennui poli qu'on prend lorsque discutent entre eux des gens dont les rapports ne vous concernent pas.

– Votre époux n'est pas à Cuneo ?

– Il fait des achats, car nous repartons ce soir pour l'Allemagne. Nous ne devions pas repasser par ici, nous y sommes revenus à cause de votre erreur.

– Quelle erreur ?

Elle ouvre de grands yeux surpris.

– Vous n'avez plus pris de photographies depuis notre rencontre ?

– Non, pourquoi ?

Elle le sermonne du doigt, comme s'il était un gamin et il trouve son geste stupide. Elle n'a pas conscience du ridicule, en bonne Teutonne qu'elle est.

– Vous vous êtes trompé en nous rendant notre appareil, à Venise. C'est le vôtre que vous nous avez donné ; il faut dire que les étuis se ressemblent beaucoup.

Elle pouffe.

– Seulement à l'intérieur, ce n'est pas pareil. Vous avez un Leica qui vaut très cher, et nous un Nikon bas de gamme.

Elle ouvre un grand sac de paille tressée à fermoir de cuivre et en extirpe l'objet qu'elle tend à l'écrivain.

– Je dois vous avouer que nous l'avons utilisé pour la suite de notre voyage quand nous avons compris que vous ne nous appelleriez pas. Il y avait une pellicule dedans : je l'ai fait retirer et développer. Puis j'en ai mis une autre pour notre usage. Tenez, voici les photos qui vous appartiennent.

Elle prend une pochette rebondie, va pour la présenter à Deuilh, mais Caterina, plus prompte, s'en saisit et sort les tirages logés dans le volet de gauche.

Jérôme attend avec un fatalisme qui lui procure une surprenante sensation de « mort en cours ». Caterina prend connaissance de chaque image, sans risquer le moindre commentaire. Lorsqu'elle a achevé son examen, elle présente la pochette au Français et lui sourit.

– Je vais vous rendre le vôtre, déclare ce dernier à l'Allemande. Tu veux bien aller le chercher dans mes affaires, Giulietta ?

L'adolescente a suivi la scène sans prononcer un mot. Elle est restée debout, à l'écart, le cœur fou, devinant que quelque chose de terrible est en train de se dérouler.

Elle quitte la pièce d'un pas incertain.

Jérôme se baisse et relève la jupe plissée de la visiteuse d'un geste connaisseur.

– C'est une passionnée, assure-t-il à la *zia*, nous devrions lui faire l'amour.

Caterina a un sourire indulgent et soupire :

– Bien volontiers.

Il se lève.

– Je vais aller dire à la petite de rester consignée jusqu'à nouvel ordre dans sa chambre, je vous retrouve toutes les deux dans la vôtre, Caterina.

Il sort, provisoirement soulagé par son effarante proposition. Il se dit : « N'importe quoi, pour « casser » la situation. » Il a besoin d'un sursis, d'un temps mort qui permette à la vie de s'enchaîner à la vie. Un coup bas est surmontable à condition de disposer d'un moment de récupération. Il vient d'avoir cette trouvaille pour différer l'onde de choc. Au lycée, un de ses condisciples qui pratiquait la lutte gréco-romaine, demandait à ses copains de lui administrer des crochets au ventre. Ils cognaient tous à qui mieux mieux, et de plus en plus fort, avec un plaisir sadique. Le prestige de ce Dutoit était immense. Lors d'une de ces étranges séances de punching-ball, Jérôme, las de frapper ce ventre protégé par une ceinture abdominale d'airain, décocha un terrible crochet au menton de son condisciple qui s'écroula, groggy. De ce jour, ce dernier perdit son crédit, bien qu'il eût été abattu de façon déloyale. Deuilh pense qu'en proposant cette séance d'amour à la *zia*, il a eu une idée de génie. Qu'elle l'eût acceptée prouve que cette hystérique fait passer ses sens avant toute autre préoccupation.

Il va rejoindre les deux femmes peu après, balançant l'appareil photographique des Allemands au bout de sa dragonne.

Quand il pénètre dans l'appartement coquet de la *zia*, il les trouve assises côte à côte sur le lit. Elles sont encore habillées et devisent à voix basse.

Son arrivée met fin à la conversation. Un instant, il craint que leur bref tête-à-tête les fasse renoncer à son projet. Il assure la targette de la porte et se dévêt. Il songe que lorsque Caterina examinait les photos, elle s'est attardée sur celles qu'il a prises dans la cour du palais Grazioli.

Elle a reconnu l'endroit puisque c'est sa maison de famille et qu'elle y a passé une partie de sa vie.

– Eh bien, mes chéries, vous ne vous mettez pas à votre aise ?

L'expression, comme toujours l'amuse, c'est elle qu'on trouve dans tous les romans grivois du début de siècle.

L'Allemande se déshabille la première, en quelques gestes prompts et précis et s'allonge en travers du lit. Elle s'empare d'un coussin pour isoler sa tête de la cloison et pouvoir regarder ses partenaires confortablement. Pendant ce temps, son lourdaud d'époux traînasse dans le voisinage ou bien boit des bières à une terrasse de la place Galimberti. Il y a en lui, la tristesse des maris qui se savent trompés et qui acceptent leur infortune de mauvaise grâce.

Deuilh interroge la tante des yeux, comme pour lui laisser l'initiative des opérations. Mais, d'une mimique, elle lui intime de commencer. Il lui est quelquefois arrivé de prendre du plaisir avec deux femmes simultanément ; il en a retiré une vive excitation, mais cela le plongeait dans un certain désarroi qu'il traînait ensuite pendant plusieurs jours.

Docile, il s'agenouille entre les cuisses de la Teutonne. Il adore cette pratique et se montre toujours un amant apprécié. La dame ne tarde pas à clamer sa jouissance à tous les échos. Caterina la bâillonne de charmante façon et ils partent à la conquête d'assouvissements frénétiques.

Lorsqu'ils se séparent, épuisés, la visiteuse comblée en oublie le malheureux Nikon. Palmira doit lui courir après et la héler très fort avant de le lui rendre.

***

Leur intimité est devenue telle qu'ils usent en même temps de la salle de bains. Dans une posture pourtant peu propice à la conversation, Caterina déclare :

– Plus je vous éprouve, plus je trouve que vous êtes un partenaire d'exception.

– Venant de vous, le compliment me touche beaucoup, répond Jérôme avec un sourire mal arrimé.

Il se dit qu'elle va lui parler des photos, de son voyage à Venise, de la date de celui-ci dont elle s'est enquise fatalement auprès de la visiteuse. Il n'en est rien. Elle affiche cette tranquillité souveraine et dominatrice qu'elle arbore toujours, sauf en amour où elle sait devenir chienne soumise quand l'engagement le demande.

Ils échangent quelques propos sur leur complice, se

gaussant de ses cris ridicules qui, à plusieurs reprises, ont perturbé leur plaisir ; la jouissance d'un imbécile déshonore celle des gens d'esprit.

Deuilh révèle à son hôtesse qu'il ignore le nom de l'Allemande. Ils auront fait l'amour dans un presque anonymat, mais celui-ci n'ajoutait aucun piquant à l'aventure. D'ailleurs, en était-ce bien une ?

34

Demain, au moment de trépasser, il disposera de quelques secondes d'horreur pour comprendre que ce qu'il est venu chercher dans le Piémont, c'est sa mort.

Elle l'attendait à Cuneo, comme elle sait attendre à Samarcande ou ailleurs. Il recevra alors la révélation de ce rendez-vous grandiose. A l'instant suprême, Deuilh aura droit à l'infinie résignation qui rend le « passage » aisé.

Depuis combien d'années est-il prisonnier de sa fatalité, pareil à l'insecte sous un verre renversé ? Très exactement depuis cette bourrade funeste donnée à une gamine au bord d'un trou plein d'eau ? N'a-t-il pas, après ce premier geste de destruction, vécu un destin condamné ? Les meurtres qui l'ont suivi auront été la confirmation répétée de ce choix terrible; la marque indélébile de sa marginalisation. Il avait trouvé une manière de « s'exclure » en secret; de ne plus jamais vivre normalement et d'être une espèce de proscrit clandestin.

Ses actes irréparables le laissaient en paix avec sa conscience; plus justement, il ne se sentait pas de conscience. Poète au tempérament d'équarrisseur, il se savait à tout jamais différent et acceptait sans tourments ni satisfactions cette exclusion.

Il roule au côté de Giulietta sur la viale Degli Angeli conduisant au sanctuaire dont lui avait parlé un vieil homme au début de son séjour ici. Le dimanche, cette avenue rectiligne est fermée à la circulation automobile pour être livrée aux promeneurs et aux jeux des enfants. Elle domine le torrente Gesso qui court au pied de la falaise, et propose l'immensité de la plaine fertile. Sa compagne lui demandant de s'arrêter, il range sa voiture devant une propriété résidentielle dont la barrière est ruisselante de glycine fleurie.

– Ça t'ennuie de venir contempler la vue ? demande-t-elle, je l'aime tant !

Il traversent l'avenue presque déserte pour s'approcher du paysage. Le panorama est souillé par la voie ferrée, des chantiers et des usines que l'adolescente semble occulter.

– C'est beau, tu ne trouves pas ?

– Très, laisse tomber Jérôme, peu contrariant.

Il trahit indirectement sa pensée en remarquant :

– Tu n'es *pourtant* pas née ici ?

– On ne peut pas admirer seulement son pays natal.

– Nous habiterons Cuneo, murmure-t-il.

Elle continue de noyer ses yeux dans les confins vaporeux et ne répond pas.

– Nous achèterons une jolie maison ; peut-être sur cette avenue, et nous prendrons une bonne grosse Piémontaise pour s'occuper de Marie et faire le ménage. Je la voudrais avec des varices et de la moustache !

Mais Giulietta ne rit pas de sa boutade. Elle reste pensive, comme égarée.

– Ça ne va pas ? s'inquiète-t-il.

– Si, très bien.

La veille, ils se sont couchés tout de suite après le dîner et n'ont pas fait l'amour car Deuilh était épuisé par ses prestations avec ses deux partenaires.

Il s'est endormi brutalement. Tard, dans la soirée, il a été réveillé par sa compagne qui regagnait le lit.

– D'où viens-tu ? a-t-il bredouillé.

– Ma tante avait des papiers à me faire signer au sujet de mes biens qu'oncle Oreste gérait.

Ils ont beaucoup dormi. Matinée « molle ». L'écrivain a détruit les notes et la documentation rassemblées en vue de son livre sur « l'art fasciste ». Un besoin de faire place nette, de se signifer à soi-même que le projet est définitivement abandonné.

Pendant que les papiers se consumaient sous la vaste hotte de la cheminée, il a repensé à la photo du Duce dans la neige, à son menton carré, à ses vieux bâtons qui, plus encore que son accoutrement de skieur sans pentes, périmaient l'image.

Elle a regardé ses notes se muer en feu de joie.

– Pas de regrets ? lui a-t-elle demandé.

– Au contraire, ma chérie. Une libération est toujours stimulante.

Il lui est arrivé de ressentir davantage d'allégresse en détruisant un travail qui languissait qu'en terminant un texte écrit sans enthousiasme. Anéantir ce qu'on juge indigne de soi est une forme de valorisation.

Elle lui récite les noms des agglomérations plantées dans l'immense panorama. Puis elle déclare :

– Devant nous, la fertilité, la richesse ; voici le grenier de l'Italie. Derrière nous : la montagne dont les sommets ne savent plus s'ils sont français ou italiens.

Deuilh remarque :

– Tu parles bien.

Il pose la main sur son épaule et la sent frissonner. Il éprouve une impression pénible de vie indécise. Que deviendrait-il si cette petite fille cessait de l'aimer ? Sous quels cieux traînerait-il sa malédiction ?

Il dit qu'après la visite au sanctuaire ils iront à Centallo voir Marie. Auparavant, ils achèteront des vêtements et des jouets. Compte-t-elle l'abandonner longtemps chez cette grosse nourrice imbécile ?

– Ma tante déteste les bébés, soupire-t-elle.

– En ce cas nous louerons une maison et quitterons ce palais sinistre.

– Je suis encore mineure pour quelques mois, elle ne me fera pas grâce d'un jour de tutelle.

Il l'écoute et conclut :

– Cette *zia* Caterina, tu la crains mais ne la hais pas; au contraire : tu l'admires. Elle t'a prostituée, a gâché ton adolescence sans perdre le prestige dont elle jouit à tes yeux. C'est une tante-maquerelle qui t'est devenue indispensable. Je voudrais...

Il se tait.

– La tuer ? demande doucement Giulietta.

Jérôme sait que la question n'est pas aussi innocente que le ton employé pour la formuler.

– Comme tu y vas ! soupire-t-il.

Ils continuent de parcourir l'interminable avenue. Ce quartier cossu incite Deuilh à la retraite. Malgré son âge, il se verrait assez couler là le reste de ses jours entre Marie et sa mère, dans « une habitation de charme », à l'abri de ces montagnes protectrices. Il aime la tranquillité un peu mélancolique de Cuneo, son ambiance de ville sage où il ne se passe et ne se passera jamais rien. Ici, l'existence coule sans vous mouiller. Il vendrait ses biens de France, en attendant l'héritage paternel qui lui permettra de vivre sans soucis matériels. Sa compagne ayant vingt ans de moins que lui, il peut espérer qu'elle l'escorte jusqu'au trépas. Il écrira des livres et, pour rompre la monotonie du bonheur, ils feront parfois de beaux voyages en des lieux que le chancre du tourisme ne ronge pas encore.

Les villas défilent. Il joue à chercher « la leur ». Un belvédère aux vitraux teintés, une véranda, une terrasse, un temple d'amour dans un jardin, tout le séduit et excite son envie. Il a le sentiment grisant que ces confortables propriétés sont disponibles et qu'il n'a qu'à fixer son choix.

Il parque sa Mercedes à l'ombre et prend la main de sa compagne pour gagner le sanctuaire, intimidé sans comprendre pourquoi.

Les lieux de culte l'ont toujours troublé, même ceux consacrés à une autre religion que la sienne. Les symboles d'une foi l'émeuvent car, à ses yeux, ils traduisent la faiblesse, voire la couardise spirituelle des hommes. Il y a dans toute forme d'imploration, une merveilleuse ingénuité. Il pense alors à ses semblables (ainsi qu'à lui-même) avec apitoiement, car les soi-disant « forts » ne sont que des bravaches.

Le sanctuaire de la Madonna degli Angeli semble terminer la route. Peint en ocre pâle, il est d'aspect accueillant.

L'intérieur, d'un rococo triomphant, préserve l'impression favorable de l'extérieur; camaïeu de jaunes, de roses et de blancs, il porte à une certaine allégresse spirituelle.

Le couple arpente l'allée centrale jusqu'au maître-autel sur lequel s'épanouit, en une apothéose blanche, un groupe sculpté représentant une madone magnifiée par une cohorte d'anges; on la dirait d'albâtre, mais il s'agit de bois peint.

De part et d'autre de cette œuvre qui témoigne d'une foi délirante, et en contrebas, deux ouvertures sans porte fermées par des rideaux bruns encadrent le tabernacle. Ces accès ainsi aveuglés apportent à l'ensemble une sorte de mystère qui dramatise le lieu.

Deuilh les désigne à sa compagne.

– Le passage du bien et le passage du mal, murmure-t-il, lequel choisir ?

Elle se signe avec une frilosité peureuse.

Ils obliquent à gauche pour s'approcher de la thèque où repose le corps du béatifié Angelo Carletti. La momie, vêtue de velours carmin rehaussé de dorures, gît dans la lumière cernant sa châsse décorée de moulures échevelées. Ses formes, ses traits, ont traversé les siècles sans se corrompre. Des orbites sans yeux, un nez sans narines, une bouche sans lèvres continuent malgré tout de conserver au cadavre son aspect humain. Un praticable permet d'en faire le tour et de l'examiner sous tous les angles.

Jérôme est troublé par la dépouille offerte à la ferveur des visiteurs. Il éprouve quelque effroi, mais aussi une étrange fascination à contempler les restes du béatifié figé dans une mort qui le frappa voici quelque cinq cents ans.

Une notice rédigée en plusieurs langues indique que lorsque la ville était assiégée, au cours de l'Histoire, on sortait la momie pour la conduire près du lieu investi par l'ennemi. Sept fois Cuneo fut sauvée.

Deuilh et Giulietta ne parviennent pas à s'arracher au spectacle. Cette dépouille qui brave le temps exprime la souveraine prééminence de la mort.

Elle saisit soudain le bras de son compagnon et le serre, comme pour bien s'assurer de sa présence.

Elle chuchote :

– Jérôme...

– Oui, mon amour ?

Il y a un long silence. A force de fixer ce cadavre parcheminé, érodé, on finit par se convaincre qu'il remue légèrement ; ainsi de la main gauche posée sur le ventre du gisant.

– Tu as fait cela pour moi, n'est-ce pas ? finit-elle par questionner.

Sottement, et d'un ton hypocrite, il demande :

– J'ai fait quoi ?

– Tu sais bien...

Il doit immédiatement choisir, entre la vérité et un mensonge qu'elle ne croira pas.

– Il n'existait pas d'autres solutions pour t'affranchir de cet être abject, soupire-t-il. Tu es mineure, jamais il ne t'aurait laissée partir.

Elle a alors une réaction surprenante : elle tombe à genoux sur les planches. Il la voit faire son signe de croix et n'ose lui parler. On n'interrompt pas une intimité avec Dieu.

Il comprend que quelque chose de capital se joue devant les restes racornis du béat. Au fait, pourquoi ce bon Angelo Carletti n'a-t-il pas eu droit à la canonisation, malgré ses spectaculaires mérites ? Que demande-t-elle au Seigneur, cette gamine si éprouvée à laquelle il entend vouer sa vie ? Le pardon de son crime ou une indication sur la manière dont elle doit se comporter devant un tel forfait ?

Elle est agenouillée, tête inclinée, mains jointes. Ces Italiens seront toujours de « bons clients » pour l'Église.

Il murmure :

– J'étais allé à Venise pour lui parler de toi, de ton avenir. Au moment où j'allais monter l'escalier, il est arrivé par le canal. Je l'ai abordé, mais dès que j'ai prononcé ton nom il a vu rouge et a voulu me chasser. Dans son mouvement de colère, il a glissé sur les dalles limoneuses et...

Il s'écoute chuchoter. Son ton et ses paroles lui paraissent bien misérables. Tout cela sonne creux et lui rappelle une audition qu'il avait fait passer à des comédiens contactés pour jouer l'une de ses adaptations théâtrales.

Il les a interrompus en criant : « Comment espérez-vous faire croire à vos personnages en étant si lamentables ! »

Le boomerang vient de faire retour, il est ridicule et parle faux.

Que va-t-il se passer si Giulietta déclare qu'elle ne peut vivre avec un meurtrier ? Le fait qu'il soit devenu le père officiel de sa petite fille saura-t-il lui faire admettre l'inacceptable ? Oh ! mon Dieu ! Si Vous existez, si Vous êtes présent dans cette église, si Vous veillez la carcasse d'un demi-millénaire de ce pauvre béatifié qui a l'apparence du carton, faites un miracle! Rendez-lui mon acte tolérable! Mon Dieu qui êtes pour tous, soyez également pour moi! Rédemption, par pitié! Absolution! Je jure de ne plus supprimer personne. Seigneur : ma mère ne m'aimait pas. Rappelez-Vous cette nuit pendant laquelle je la veillais à l'hôpital mesquin de notre province. Elle avait voulu mourir et pour cela avait avalé toutes les saloperies emmagasinées dans son armoire à pharmacie. Faute de place, et bien que mon père fût un notable, elle partageait la chambre d'une cancéreuse à toute extrémité. La malheureuse râlait comme je n'ai jamais entendu râler personne. Au bout de quelques heures, n'en pouvant plus, je l'ai étouffée avec un oreiller. Le silence qui a suivi était si bienfaisant, si doux, si calme que je me suis endormi sur ma chaise, au chevet de maman, la tête posée sur son oreiller.

C'était la première fois que je dormais près d'elle.

Des infirmières sont venues, plus tard dans la nuit, et ont emmené la morte sans me réveiller. Seigneur, par pitié, par grande grâce; évacuez mon meurtre du cœur de Giulietta comme fut évacuée la voisine de ma mère!

Naturellement, elle n'a pu croire à son mensonge qui ne fait qu'aggraver son cas.

Elle reste encore un moment prostrée devant la dépouille du bienheureux, puis elle se signe et se relève. Il attend son verdict. Elle applique sa main droite, bien à plat, contre la vitre qui les sépare d'Angelo Carletti, en un geste de gratitude et d'adieu, se tourne ensuite vers Deuilh, le regard allumé, la bouche légèrement entrouverte.

– On s'en va? questionne-t-elle, le ton léger.

Il semble qu'une juvénile insouciance ait triomphé de son cas de conscience. Elle fait davantage petite fille qu'avant « l'aveu ». Le soleil pénètre par les vitraux. Jérôme esquisse un signe de croix pour remercier le Seigneur d'avoir entendu sa muette prière.

35

Sur le chemin qui mène de son garage au palais, il pose une question préoccupante :

– Ta tante a compris, bien entendu ?

– Je suppose.

– Elle ne t'en a pas parlé ?

Un léger temps.

– Non.

Il sait qu'elle lui ment ; mais sans doute juge-t-elle mieux d'éluder. Elle préfère ne pas lui rapporter les sentiments de la *zia* Conte puisque celle-ci n'a fait aucune allusion à son voyage à Venise. Va-t-elle occulter complètement le meurtre de son frère ?

Si oui, pourquoi se comporterait-elle ainsi ? Parce qu'il est devenu le père de sa petite nièce ? Il ne la croit pas capable d'une pareille abnégation. Cette formidable interrogation le ronge. Peut-être devrait-il tenter de crever l'abcès ? Il n'ose le faire, préfère se réfugier dans des solutions sécurisantes. Ne pas oublier qu'ils font l'amour comme des tigres. Une femelle de sa trempe ne peut plus se passer d'un amant de la sienne. Il y a entre eux une connivence dans le plaisir démesurée. Il est une aubaine pour cette dévoreuse de mâles. Leurs appétits sont à l'unisson.

Lorsqu'ils pénètrent dans la vieille demeure, ils perçoivent les cris de jouissance d'un type que sa propre clameur excite.

– Elle te chipe peut-être ta clientèle, déclare-t-il avec cynisme.

Giulietta monte l'escalier, le dos rond, sans répondre.

Les volets de leur chambre sont à demi fermés; par la meurtrière ainsi constituée, l'écrivain aperçoit la De Renzis à sa fenêtre qui guigne dans leur direction. Elle a dû les voir passer dans la rue et attend peut-être d'eux quelques transports amoureux qui distrairaient sa solitude. Son chat famélique est revenu jouer à l'étole blanche sur ses épaules. Est-ce l'âge qui rend l'animal pareillement amorphe ? Ou ressent-il une volupté particulière à se laisser trimbaler d'une pièce à l'autre autour de ce cou grassouillet ?

Deuilh va tirer le rideau.

On continue de percevoir, atténués par la distance, les ridicules gémissements du client.

– Au fait, demande soudain Jérôme, comment vous êtes-vous constitué cette clientèle ?

Elle ne rechigne pas à répondre :

– Ma tante qui, tu le sais, a de grosses exigences sexuelles, séduisait beaucoup d'hommes. Ceux-ci lui offraient des cadeaux : l'Italien est large. Elle a fini par leur dire qu'elle préférait de l'argent.

– Et ton arrivée au palais lui a permis de doubler les effectifs ! ricane-t-il méchamment.

Il est surpris par sa réaction. Voici quelques instants, à l'église Della Madonna degli Angeli, il était au bord du désespoir et suppliait Dieu qu'elle lui pardonne. A présent qu'il est absout, il la harcèle de sa jalousie cynique.

« Pauvre type, se dit-il, que rien n'apaise et qui exige sitôt qu'il est pardonné. »

Alors, il la presse contre lui à l'étouffer, lui balbutie qu'il l'adore et vivra désormais lové à ses pieds tel un chien fourbu.

Giulietta sent les plantes à foin qui ont besoin du soleil pour s'exalter. Sous l'oreille, pousse une vapeur de cheveux qu'il prend dans sa bouche et mâche comme la tige d'une fleur. Lentement, il coule sa main entre ses cuisses serrées, ses doigts fuient les cicatrices de la grenade pour gagner l'ensorcelant renflement du pubis. Seigneur! comme il aime la femme! Sa peau tiède, ses pilosités élastiques, les secrets replis de son corps.

– Quand nous serons seuls avec Marie, dans la maison que je vais acheter, nous y passerons des jours sans nous vêtir. Ce sera une sorte d'Éden complètement clos.

Le tranchant de sa main scie doucement son sexe humide.

– Il y aura des instants où nous cesserons d'exister pour nous aimer, assure-t-il.

Il perçoit un léger glissement et constate que Caterina est dans leur chambre; ils ne l'ont pas entendue entrer. Elle a les seins nus et tient ses vêtements roulés en boule contre son sexe. Ses cheveux sont collés sur ses tempes par la sueur. Elle paraît vaguement morose.

– C'était ce gros type de Saluzzo, dit-elle, tu le connais, Giulietta : il vend des engins agricoles. Il est venu pour toi mais comme tu étais absente, il a accepté que je te remplace. Faire l'amour avec ce porc n'est pas une sinécure.

« Je sais que toi, tu l'apprécies beaucoup, mais en ce qui me concerne, c'est la dernière fois que je prends ton relais!

Elle repart, ayant planté sa banderille. Les deux amants se sont désunis. L'adolescente va s'asseoir devant son ouvrage. Elle a entrepris de peindre une jetée de roses. Celles-ci ont des grâces d'églantines, une pâleur émouvante. Deuilh jette un regard au tissu servant de support à cette œuvre fraîche, d'une innocence qui le blesse.

Son vieux chagrin remonte à la surface, le submerge. Bientôt, il est incapable de se dominer et donne libre cours à ses larmes. Sa peine va le secouer toute la soirée et une partie de la nuit. Quand l'heure du repas vient, il refuse de se rendre à table. Il pleure! Pleure au-delà du possible; pleure « toutes les larmes de son corps », comme cela a dû lui arriver déjà deux ou trois fois.

Lorsque la petite le rejoint, il est toujours à plat ventre sur le lit. Il a encore son veston, sa cravate, ses chaussures. On dirait quelque accidenté à l'agonie. Épuisé de détresse, il finit par s'endormir.

A-t-il pressenti, du fond de ce délabrement émotionnel qu'il ne lui reste plus que quelques heures à vivre ? C'est la question que se posera Giulietta plus tard.

Beaucoup plus tard.

36

D'ordinaire, ils ne prennent pas le petit déjeuner avec Caterina, chacun « attrapant » sa journée comme il l'entend. Au matin, qui va être son dernier, Deuilh s'éveille détendu. Son flot de larmes l'a comme vidé de ses tourments. Simplement, les yeux lui brûlent.

Ne voyant pas Giulietta, il passe se rafraîchir et part à sa recherche dans le palais. Il la trouve dans la salle à manger où elle boit le café en compagnie de la *zia.*

Les deux femmes l'accueillent par des sourires de bienvenue qui achèvent de le « mettre sur orbite ». Il les embrasse avec chaleur. Leur bonne humeur est une grâce dont il leur est reconnaissant.

– Vous avez dîné avec les anges, hier soir, remarque la tante, vous devez mourir de faim.

Il regarde les rôties grillées, recouvertes d'une serviette empesée, le beurrier d'argent, les différents pots de confiture et ressent une allégresse stomacale.

– En effet, reconnaît Jérôme.

– Ton coup de déprime est passé ? s'enquiert la jeune fille.

– Complètement. C'est une fatalité chez les marginaux comme moi : ces déprimes périodiques. Brusquement nous perdons pied ; la vie nous semble impossible et c'est la plongée aux enfers.

Caterina le sert dans un grand bol de grand-mère aux motifs naïfs. Il hume le breuvage avec délectation. Pour lui, c'est, au matin, le parfum le plus tonifiant du monde.

– Grande nouvelle! exulte Giulietta, nous partons faire une excursion aux grottes de Bossea.

Elle explique que ces dernières se situent dans le val Corsaglia et méritent d'être vues tant elles sont immenses et spectaculaires. La première (et dernière) fois qu'elle s'y est rendue, elle était en compagnie de son père, quelques jours seulement avant l'accident qui devait leur être fatal à sa femme et à lui. La petite fille n'a jamais oublié cet extraordinaire trajet dans les entrailles de la montagne. A cet instant où son existence prend un tour nouveau, elle veut y retourner en pèlerinage.

Elle ajoute :

– Je suis certaine que pour un écrivain, un tel endroit est une source d'inspiration.

Jérôme se déclare ravi.

– Figure-toi, enchaîne l'adolescente, que Gastone va nous servir de guide car il a travaillé à maçonner les marches avant de se placer comme domestique. Déjà, lorsque nous y sommes allés avec papa, c'est lui qui nous pilotait.

Ils feront la visite à l'heure du déjeuner pour éviter d'être importunés par des touristes idiots.

La perspective de cette excursion ravit Jérôme. Son chagrin de la nuit l'a comme purgé provisoirement de sa misère et il se sent l'esprit dégagé. Une telle randonnée est bien faite pour recharger son énergie.

En se préparant, il retrouve son projet de maison viale Degli Angeli. Sa mémoire a fidèlement conservé quelques-unes des demeures jalonnant la route qui conduit au sanctuaire. Aujourd'hui même, s'ils ne rentrent pas trop tard, il se mettra à la recherche d'un agent immobilier. Cette quête au « nid douillet » l'excite; il se promet beaucoup de plaisir et se voit déjà visitant des villas en compagnie de sa bien-aimée.

37

A mesure qu'ils s'élèvent, la température se rafraîchit. De merveilleuses senteurs d'humus et de fougères pénètrent dans l'automobile aux vitres baissées. La *zia* Conte, assise à l'avant, chantonne; Jérôme songe qu'elle a une jolie voix qui ne correspond pas à son personnage aigu. Une voix pour chorale religieuse. En fermant les yeux, on imagine une jeune fille d'autrefois, une jeune fille du dimanche, habillée de clair, mais pas du tout cette femme mûrissante et dépravée.

Ils ont dépassé Mondovi et suivent la route agreste qui longe une rivière riche en cascades blanches. De temps à autre, on aperçoit un pêcheur à la ligne penché sur des remous.

Gastone Toselli a troqué ses vêtements de service contre un pantalon de velours et un blouson de faux daim qui le rajeunit. Il a noué un foulard vert sur sa cicatrice béante. Il conduit comme un paysan, avec une lenteur appliquée. En cours de route, Deuilh a pu constater que, même de dos, il inspire la répulsion. N'a-t-il pas la nuque couverte d'eczéma purulent soigné au mercurochrome?

Ils parviennent à un élargissement du chemin et se rangent le long d'un estaminet surélevé auquel on accède par un escalier d'une dizaine de marches. Des poules caquettent autour de l'établissement.

Un type au torse nu creuse le tronc d'un gros arbre pour le transformer en bac à fleurs. Ses coups de hachette, le ramage des oiseaux, le sourd grondement du torrent et les palabres des volailles font un concert que Jérôme écoute voluptueusement. Au milieu de cette paix, il se sent à peu près heureux. Il garde sa main sur là hanche de Giulietta, le tissu léger de sa robe l'excite : il caresse le corps souple et chaud de la jeune fille à travers l'étoffe. Il ne souffre plus de penser que des inconnus la prennent. Cet épisode malheureux de sa vie ne le concerne pas. Qu'elle livre sa chair à des mâles de passage ne lui enlève rien de sa grâce, de sa jeunesse, ni même, pense-t-il, de sa pureté.

Gastone ferme les portes de l'auto, méticuleusement. Deuilh remarque seulement qu'il porte de grosses chaussures montantes, en toile, avec semelles enveloppantes caoutchoutées.

– Où sont les grottes ? questionne la *zia* : je ne vois rien.

Le domestique a un geste pour désigner la pente boisée au-dessus de leurs têtes. Il part d'une allure appliquée de paysan qui sait, d'instinct, doser ses efforts. Quelques mètres sur le chemin, puis il s'engage dans un sentier tout en lacet, dont les pentes les plus abruptes ont été transformées en escalier étayé avec des rondins.

Personne ne parle. Ils vont en file indienne, les deux femmes entre les deux hommes. La sente les hisse jusqu'à l'entrée qu'on ne découvre qu'au dernier moment.

Cela paraît insignifiant, mesquin même : une porte de fer en gros grillage est aménagée dans un renfoncement de la roche. Elle n'est pas rébarbative et semble protéger quelque chantier abandonnné.

Le muet sort de sa poche une clé qui s'adapte à la vieille serrure rouillée. Au-delà, un couloir naturel, au centre duquel des ruissellements se sont rassemblés, s'enfonce dans la chair de la montagne.

Gastone s'approche d'un tableau électrique rudimentaire et actionne des contacteurs de grosse faïence. La lumière se fait au fur et à mesure qu'il les enclenche. Une lumière blanche et froide, qui naît dans les profondeurs redoutables de la grotte Bossea. Les parois rocheuses, suintantes par endroits, le sol détrempé, le vol haletant de quelques chauves-souris importunées, parfois de longues flaques d'eau trouble se mettent à exister pour les arrivants, composant un univers un peu fantasmagorique.

Giulietta s'est munie d'un dépliant fatigué qu'elle possède depuis sa première visite ici en compagnie de son père et conserve comme une relique. Les volets en sont fanés car elle a dû le compulser souvent.

Elle le tient pressé contre son cœur et s'arrête pour en lire des paragraphes à la lueur espacée des lampes.

Sa voix frêle, amplifiée par la résonance du lieu se veut celle d'un guide.

– Ce couloir d'entrée a été formé par le torrent qui charrie huit cents tonnes de roches par an, énonce-t-elle; elle date de l'ère tertiaire mais demeure en pleine évolution.

Jérôme l'écoute avec émotion. Chère gamine souillée qui s'obstine à préserver une ingénuité d'adolescente malgré les cruautés d'un destin inqualifiable...

Comme il est heureux, et presque fier, de prendre le relais de sa famille de forbans dépravés. Il s'enfermera dans la destinée de cette fille comme en un monastère pour lui bâtir une paix qui lui tiendra lieu de bonheur. Il regarde la silhouette doucement alourdie de la *zia* Conte, cette salope de haut vol, maquerelle dorée en son palais, créature avide de toutes souillures, dont la vie est de jouir. Oh! comme il va bellement la détruire, malgré ses bonnes résolutions, lui évitant hélas les dégradations de l'âge, mais lui infligeant un châtiment exemplaire. Il va le peaufiner éperdument car ce sera sa plus belle œuvre.

Le groupe se déplace en zigzag afin d'éviter les

embûches du terrain; sa progression éveille d'étranges échos.

Ils débouchent dans la première salle qui s'appelle « Le Temple », d'après le guide. L'endroit comprend, à vingt-cinq mètres de hauteur, une fenêtre dite « du Paradis » d'où part un couloir formé par l'ancien lit du torrent.

La jeune cicerone annonce qu'on a trouvé ici un important cimetière d'ours.

Deuilh se sent investi d'une douce béatitude. Il sait bien que cette grotte gigantesque n'est pas plus vieille que l'horizon qui s'épanouit à l'extérieur, mais il la reçoit comme une création du temps et plus tout à fait comme étant celle de Dieu. Il y a là une initiative de la matière livrée à elle-même qui l'enchante. Ici, pareille à l'homme, elle a entrepris de s'affirmer.

Gastone continue d'avancer dans les entrailles de la montagne. Avec une aisance de fantassin, il gravit les degrés de ciment, aux étranges convulsions, qu'il a édifiés jadis en compagnie d'autres Piémontais.

Cet aménagement du site escarpé, rassure. Ce lieu insolite devait frapper davantage avant d'être quelque peu dompté par cet apport de lumière et d'escaliers.

Le vieux valet noueux guide sa troupe jusqu'à la deuxième salle dans laquelle s'avance une étendue d'eau que le dépliant de Giulietta nomme « le Lac Vert ». Au centre de l'espace à sec se dresse une vitrine renfermant le squelette reconstitué d'un ours. L'impression que donne cette rencontre en pareil lieu est saisissante, elle paraît presque déplacée.

– Vous permettez ? demande la *zia* Caterina, j'ai déjà les jambes coupées.

Elle s'assied sur un rocher aplati en forme de tabouret et observe la carcasse du plantigrade que des éboulis ont retenu prisonnier sans doute à l'époque tertiaire.

Au lieu de souffler en compagnie des femmes, Jérôme

s'approche du lac dont, effectivement, l'eau est d'un vert d'émeraude. Il y plonge la main, la trouve moins froide qu'il ne s'y attendait. Puis il s'assied sur ses talons et se met à espérer des manifestations vivantes dans cet élément liquide enfoui au sein de la montagne.

Il les cherche, comme il les cherchait dans le trou empli d'eau où il a noyé la petite fille d'autrefois. Il aimerait apercevoir un vague têtard, un simple insecte se déplaçant par saccades; mais le lac semble aussi désert que la lune et l'écrivain en conçoit une confuse déception. Lui qui sait si bien donner la mort, et avec quelle facilité! Il a besoin de voir la vie, partout autour de lui : dans l'air et dans l'eau aussi bien que sur terre.

Il scrute, grisé, l'immensité minérale, gigantesque dôme à l'intérieur duquel ils évoluent, tous les quatre. Gagné par cette sensation de démesure, il se veut, tout à coup, aussi extraordinaire que le décor. Il lui vient l'une des plus incoercibles pulsions de son existence et il prend un terrible engagement vis-à-vis de lui-même : empêcher Caterina de ressortir des entrailles de la montagne.

Son esprit dominateur va trouver un moyen pour la faire périr ici et cela passera pour un accident dont ils seront trois à porter témoignage.

Songeur, il regarde l'interminable escalier éclairé, dont les degrés de béton décrivent une arabesque de « grand huit » forain. Dans la monstrueuse caverne, c'est le ruisseau qui dicte sa loi; le ruban de marches serpente d'un promontoire à une ravine; il y en a six cent cinquante au total, selon le dépliant de Giulietta. Elles sont tantôt scellées au flanc d'une paroi, tantôt jetées au centre d'un précipice et encadrées de maigres rampes de fer. Parfois, elles pivotent autour d'une imposante stalagmite, puis la quittent pour s'accrocher à une roche abrupte. A certains endroits, la chaîne de lumières disparaît à un tournant ou dans une dépression, donnant le sentiment que l'extrémité du chemin balisé est imminente, mais, si l'on avance, de nouvelles perspectives se présentent et le visiteur découvre qu'il n'est pas au bout de ses peines et que son ascension sinueuse va se poursuivre longtemps encore.

Il considère le dos de Caterina, sa nuque à peine empâtée, et il rêve de ses cervicales qui seraient si aisées à briser dans cet univers de rochers. Comme il musarde, de gauche et de droite, à la façon d'un chien tourmenté, Giulietta lui demande ce qu'il cherche. Sa question le douche. Donc, il a l'air de « chercher » quelque chose ?

– La vie ! a-t-il la présence d'esprit de répondre. Nous n'en avons plus vu de traces depuis les chauves-souris de l'entrée.

Il se rapproche du trio en coupant par un terre-plein circulaire, d'une dizaine de mètres de diamètre, où les ouvriers chargés de l'entretien des lieux ont entreposé un énorme coffre de bois grossier. Le couvercle disjoint n'a plus que des reliquats de ferrures. Deuilh le soulève et distingue des épieux métalliques destinés à renforcer les rampes défaillantes. Ils sont là en réserve ainsi que des rouleaux de câble électrique.

Une fébrilité s'empare de lui. Il sait qu'il vient de trouver la solution à son problème.

38

Elle est essoufflée mais s'obstine à parler en gravissant les marches de ciment comme si c'était celles d'un calvaire. Plus exactement, elle lit des paragraphes de son fameux dépliant. Cela rappelle à Jérôme un voyage qu'il avait fait en Grèce, étant enfant, avec ses parents.

Pendant la visite de Delphes, sa mère, qui prenait des « lubies », n'avait cessé de leur lire tout ce que le Guide bleu consacrait à ce haut lieu. Elle avançait en trébuchant, ne s'interrompant que pour identifier les points du site qu'ils passaient en revue. Son époux et son fils étaient gênés car elle parlait haut, sans tenir compte des nombreux touristes de toutes nationalités qui les entouraient.

A cet instant, Giulietta fait de même : elle ne vit pas cette visite, elle la lit.

Deuilh écoute, absent, car il est trop occupé à programmer la mort de Caterina. La petite annonce que cette grotte est le premier laboratoire spéléologique d'Italie. Il y règne une température constante de 9°, ce qui correspond à la moyenne extérieure de l'année.

Son attention, déjà distraite par son grave dessein, décroche tout à coup car il vient de découvrir l'endroit où va périr la *zia* Conte. Il a réalisé immédiatement que le lieu de « l'accident » se trouve dans cette cinquième et dernière salle où ils parviennent. Il l'aperçoit à distance. Le

« reconnaît » en quelque sorte, en un point où des travaux sont en cours. L'escalier est en réfection et ne comporte plus de rampe sur une dizaine de mètres; il épouse la rotondité d'une énorme stalactite qui s'est détachée de la voûte terminale et qui ressemble, centuplée, à ces rochers taillés en forme de bite d'amarrage, servant la construction des ports nouveaux.

Les marches qui la ceinturent font songer, de loin, à un colimaçon fossilisé. Pour offrir tout de même un minimum de sécurité aux touristes, l'on a confectionné une rampe de remplacement à l'aide d'une corde fixée à la stalactite par quelques pitons d'alpiniste enfoncés dans des fissures.

La voix douce de Giulietta continue de débiter des lambeaux de documentation, mais dans cette salle, l'eau coule en cataractes nombreuses couvrant une partie de ses explications.

– La grotte abrite quarante-sept espèces d'animaux invertébrés, soit dans le sol, soit dans l'eau... Ces animaux n'ont ni pigmentation, ni yeux et ne sauraient vivre à l'extérieur. Six espèces ne sont connues qu'ici, à Bossea...

Le timbre juvénile se perd dans le vacarme de l'eau en furie.

L'esprit de Deuilh se répartit en deux pôles d'intérêt : l'anéantissement de la *zia* et cette phénoménale annonce que la vie est présente en ce lieu abyssal. Il regarde l'étranglement par lequel ils vont devoir passer à deux reprises : pour monter, puis pour redescendre. Il sait avec une lucidité magistrale comment « cela » s'opérera.

Il restera en queue de peloton, tenant prêt le fil électrique noir qu'il a subtilisé dans le caisson. Il attachera l'une de ses extrémités à la corde servant de rampe et le laissera filer le long de la marche jusqu'au vide dans lequel il le plongera pour qu'il reste invisible. Jérôme fera remonter l'autre bout quelques degrés plus haut et posera une pierre dessus afin de l'y maintenir. La réussite de son plan nécessitera qu'il redescende le dernier. Lorsqu'il verra arriver Caterina au point critique, il attrapera le câble et n'aura qu'à tirer. Fatalement, la chère Caterina se prendra le pied dedans et basculera. Cette perspective le galvanise. Il sait que tout se passera « exactement » tel qu'il vient de le déterminer.

Il y a en lui ce calme forcené garant des réussites. Sa clairvoyance est absolue. Il trouve toujours, au moment de tuer, une maîtrise qui rend son projet irrémédiable. Il donne la mort quand il le faut.

Ses compagnons l'ont distancé.

– Hou hou ! lance Caterina.

– J'arrive ! crie-t-il à la cantonade.

Elles ont une petite avance sur lui, alors il presse le pas. Maintenant il songe aux quarante-sept espèces d'animaux invertébrés que recèle ce fantastique endroit. Il se doutait bien que la vie était représentée ici, comme elle l'est en tous lieux sur notre merveilleuse planète ! Il aurait aimé apercevoir certains de ces animaux spécifiques à la grotte Bossea, leur apporter sa sympathie de vivant. Mais les circonstances ne lui permettront plus ce type d'expérience.

Il est essoufflé. Le sédentaire s'accommode mal des six cent cinquante marches escaladées et qu'il faudra bien redescendre « ensuite ».

Il s'arrange pour leur laisser suffisamment d'avance afin de pouvoir placer son câble électrique sans être vu. Comme l'escalier tourne en surplombant le gouffre, la manœuvre est aisée.

Deuilh admire la promptitude et la précision de ses gestes. Tout en fixant le fil, il leur parle.

Ce qu'il leur dit ? Le sait-il, seulement ? Ce sont des onomatopées chargées d'inspirer confiance ; des mots ? Des bribes de phrase ? Des « Dieu ! ce que vous me faites faire », des : « Si je m'attendais à un tel chemin de croix ! » ; il se veut infiniment banal, quotidien.

Voilà le fil attaché, plaqué contre la jointure de deux marches, et qui décrit une arabesque au-dessus du gouffre où rugit une eau tombée du ciel et que la montagne rend folle.

Il avait préparé un éclat de roche pour maintenir l'autre bout sur une marche. Paré ! Quelle griserie !

Jérôme recolle au peloton qui l'attend au sommet. Il est réellement exténué. Il les regarde, alignés et pétrifiés tels ces soldats de terre exhumés en Chine. Trois visages raides et graves qui n'expriment rien, pas même la fatigue de cette ascension éprouvante.

– Vous m'en reparlerez ! dit-il. Ce n'est pas une façon de traiter un Parisien !

Il parle fort à cause de la cascade vertigineuse dont le grondement dantesque ferait croire à quelque tribulation géologique.

Surpris par leur immobilité, il demande :

– Eh bien, qu'est-ce qui vous arrive ?

Le *zia* Conte se tourne vers sa nièce :

– Je crois que tu voulais lui dire quelque chose ?

La jeune fille acquiesce puis murmure au sein de l'apocalypse ces mots qu'il devine seulement :

– Merci d'avoir reconnu Marie !

Il n'a pas le temps de réaliser ; un visage de cauchemar se dresse face au sien, si proche que leurs nez se touchent.

Gastone lui flanque une bourrade si puissante qu'il en a les côtes meurtries. Il choit dans le vide d'une fraîcheur suave.

Malgré l'horreur de son sort, il a le temps de voir surgir de ses souvenirs la botte d'une petite fille qui s'engloutit la tête la première dans de l'eau sale.

Mais comme tout cela a été long !

***

Pendant que le domestique part chercher des secours inutiles, les deux femmes gagnent la plate-forme aux outils.

En cours de trajet, la *signora* Conte se baisse pour saisir un câble qui barre l'escalier et l'enroule consciencieusement autour d'un piton.

– Quelqu'un pourrait se prendre les pieds dedans, grommelle-t-elle.

Elles poursuivent leur descente jusqu'au coffre sur lequel elles s'asseyent pour attendre.

Caterina croit surprendre un geste de la petite : celui que l'on fait pour essuyer furtivement une larme.

– Plus tard, dit-elle, nous raconterons son père à Marie afin qu'elle sache quel homme exceptionnel il était. Elle en sera fière, je te promets.

– Nous ne savons rien de lui, objecte Giulietta.

– Quelle importance ? demande sa tante. Nous l'inventerons.

Alberoni Francesco
Le choc amoureux
L'érotisme

Arnaud Georges
Le salaire de la peur

Auel Jean
Le clan de l'ours des cavernes
La vallée aux chevaux
Les chasseurs de mammouths
Le grand voyage
Le retour d'Ayla

Bellemare Pierre
Les crimes passionnels
tome 1
tome 2
Crimes de sang
tome 1
tome 2
Nuits d'angoisse
volume 1
volume 2
La peur derrière la porte
tome 1
tome 2

Benzoni Juliette
Les dames du Méditerranée-Express
1. La jeune mariée
2. La fière américaine
3. La princesse mandchoue
Fiora
1. Fiora et le magnifique
2. Fiora et le téméraire
3. Fiora et le pape
4. Fiora et le roi de France
Les loups de Lauzargues
1. Jean de la nuit
2. Hortense au point du jour
3. Félicia au soleil couchant
Les treize vents
1. Le voyageur
2. Le réfugié

Borniche Roger
Borniche story
La cible
La filière
Kidnapping

Boulle Pierre
La planète des singes
Le pont de la rivière Kwaï

Buzzati Dino
Le désert des Tartares

Cavanna François
Dieu, Mozart et le Pen
Les grands imposteurs
Maman au secours!
Tonton, Messaline Judas, et les autres

Chandernagor Françoise
L'allée du roi

Coffe Jean-Pierre
Au secours le goût!
Le bon vivre
Le vrai vivre

Crichton Michael
L'homme terminal
Jurassic Park
Les mangeurs de morts
La variété andromède

Davis Christopher
Philadelphia

Deniau Jean-François
La désirade
L'empire nocturne
Le secret du roi des serpents
Un héros très discret

Durand Loup
Daddy
Le jaguar

Festjens Jean-Louis/ Antilogus Pierre
Le guide du jeune couple
Le guide du jeune père
Guide de survie des parents

Fleisher Leonore
Héros malgré lui
Rain Man
Les ombres du cœur

Franck Dan/Vautrin Jean
La dame de Berlin
Le temps des cerises

Gray Martin
Au nom de tous les miens

Grèce Michel de
Le dernier sultan
L'envers du soleil – Louis XIV
La femme sacrée
Le palais des larmes
La Bouboulina

Grisham John
La firme
L'affaire Pélican

Haley Alex
Malcom X

Harris Thomas
Dragon rouge
Le silence des agneaux

Hermary-Vieille Catherine
Un amour fou

Jacq Christian
L'affaire Toutankhamon

Jaham Marie-Reine de
La grande Béké
Le Libanais
Le maître-savane

Kersauson Olivier de
Mémoires salées
Vieil Océan

Kersauson Olivier de/ Noli Jean
Fortune de mer

Lapierre Dominique
La cité de la joie

Lapierre Dominique/ Collins Larry
Cette nuit de liberté
Le 5e cavalier
O Jérusalem
... ou tu porteras mon deuil
Paris brûle-t-il?

Ludlum Robert
Le manuscrit Chancellor
La route d'Omaha

Mahmoody Betty
Jamais sans ma fille
Jamais sans ma fille II

Michelet Claude
Des grives aux loups
Les palombes ne passeront plus
L'appel des engoulevents
Cette terre est la vôtre
La grande muraille
J'ai choisi la terre
Rocheflame
Une fois sept
Vive l'heure d'hiver

Michener James A.
Alaska
  1. La citadelle de glace
  2. La ceinture de feu
Caraïbes
  tome 1
  tome 2
Hawaii
  tome 1
  tome 2
Mexique

Mushen Zana
Vendues!

Queffelec Yann
La femme sous l'horizon
Le maître des chimères
Prends garde au loup

Rey Françoise
La femme de papier
La rencontre

Rice Anne
Entretien avec un vampire
Lestat le vampire
La reine des Damnés

Sagan Françoise
Aimez-vous Brahms...
Avec toute ma sympathie
Bonjour tristesse
La chamade
Le chien couchant
Dans un mois, dans un an
Les faux-fuyants
Le garde du cœur
La laisse
Les merveilleux nuages
Musiques de scènes

Républiques
Sarah Bernhardt
Un certain sourire
Un orage immobile
Un piano dans l'herbe
Les violons parfois

San Antonio
Béru-Béru
Béru et ces dames
Les clefs du pouvoir sont dans la boîte à gants
Les cons
  tome 1
  tome 2
Confessions de l'ange noir
Faut-il tuer les petits garçons qui ont les mains sur les hanches?
L'histoire de France vue par San Antonio
Le mari de Léon
La sexualité
Les soupers du prince
Le standinge selon Bérurier
Un tueur (kaput)
Les vacances de Bérurier
La vieille qui marchait dans la mer
Y a-t-il un Français dans la salle?

Sasson Jean-Paul
Sultana

Saubin Béatrice
L'épreuve

Seignolle Claude
Le diable en sabots
La Malvenue
Marie la Louve
La nuit des halles

Signol Christian
Les cailloux bleus
Les menthes sauvages
Adeline en Périgord
Les amandiers fleurissaient rouge
L'âme de la vallée
Antonin paysan des Causses
Les chemins d'étoile
Marie des Brebis
La rivière Espérance
Le royaume du fleuve

Simenon Georges
L'affaire Saint-Fiacre
Le chat
Le chien jaune
Les fiançailles de M. Hire

Steel Danielle
Coups de cœur
Un si grand amour

Stocker Bram
Dracula

Sulitzer Paul-Loup
Les riches
  tome 1
  tome 2

Tartt Donna
Le maître des illusions

Tine Robert
Bodyguard

Troyat Henri
L'araigne
La clé de voûte
Faux jour
La fosse commune
Grandeur nature
Le jugement de Dieu
Le mort saisit le vif
Les semailles et les moissons
  1. Les semailles et les moissons
  2. Amélie
  3. La grive
  4. Tendre et violente Elisabeth
  5. La rencontre
Le signe du taureau
Tête sur les épaules

Wood Barbara
African Lady
Australian lady
Séléné
Les vierges du paradis

Cet ouvrage a été reproduit
par procédé photomécanique par la
SOCIÉTÉ NOUVELLE FIRMIN-DIDOT
Mesnil-sur-l'Estrée
pour le compte des Éditions Pocket
en janvier 1996

POCKET - 12, avenue d'Italie - 75627 PARIS CEDEX 13
Tél. : 44-16-05-00

Imprimé en France
Dépôt légal : janvier 1996
N° d'impression : 33238